해적판을
타고

윤고은 장편소설

해적판을 타고

펴낸날 2017년 10월 30일

지은이 윤고은
펴낸이 이광호
펴낸곳 ㈜**문학과지성사**
등록번호 제1993-000098호
주소 04034 서울 마포구 잔다리로7길 18(서교동 377-20)
전화 02) 338-7224
팩스 02) 323-4180(편집) / 02) 338-7221(영업)
전자우편 moonji@moonji.com
홈페이지 www.moonji.com

ⓒ 윤고은, 2017. Printed in Seoul, Korea
ISBN 978-89-320-3049-4 03810

이 도서의 국립중앙도서관 출판예정도서목록(CIP)은 서지정보유통지원시스템 홈페이지
(http://seoji.nl.go.kr)와 국가자료공동목록시스템(http://www.nl.go.kr/kolisnet)에서
이용하실 수 있습니다. (CIP제어번호: CIP2017026866)

윤고은 장편소설

문학과지성사

해적판을
타고

차례

1

　우리는 단지 마당을 빌려준 것뿐이었다. 센터에서는 우리
집 마당이 모두를 위한 선택이라고 했다. 이 동네에 우리보다
더 넓은 마당을 가진 집이 수두룩한데, 왜 하필 이 마당이 당
첨된 건지 나는 이해할 수 없었다. 아빠는 당첨이란 단어는 적
절치 않다고 했다.

　우리는 부모님의 일방적인 결정에 토라진 채로, 마당을 노
려보고 있었다. 나는 열두 살이었고, 남동생 둘은 각각 일곱
살과 네 살이었다. 둘째는 그 사실을 내게 상기시키더니, 이렇
게 말했다.

　"우리 셋을 다 합쳐도, 아빠 나이가 안 되는 거야!"

　그리고 덧붙였다.

"그래도 이건 좀 아니지 않아?"

들인 공으로만 계산해보자면, 둘째가 마당에 가장 많은 지분을 가지는 게 마땅했다. 둘째는 학교에 가는 시간을 제외하면 내내 이 집 마당에 뭔가를 심고 뿌리며 놀았다. 제 방이나 바다도 마당에 비할 바는 아니었다. 물론 나머지 둘도 마찬가지였다. 막내는 태어나면서부터 저 마당에서 뒹굴었고, 나는 마당에 사람들이 머무는 걸 좋아했다. 물론 오늘 같은 상황은 상상해본 적이 없지만.

초록색 대문을 열고 들어오면 왼쪽으로 마당이, 오른쪽으로 2층 주택이 보였다. 내 방은 그 2층, 마당이 가장 잘 보이는 위치에 있었다. 마당엔 우리가 이름 붙인 나무들과, 초대받지 않고도 찾아와 뿌리를 내린 풀꽃들이 있었다. 아빠는 이 마당에 얼마나 많은 아이들이 모여 사는지를 잊은 게 분명했다.

센터에서 보내온 서류는 모두 여섯 장 분량이었는데, 나로서는 읽어도 무슨 말인지 알 수가 없었다. 아빠가 서류에 서명한 지 얼마 되지 않아 거대한 자루들이 집에 왔다. 나는 또래보다 키가 큰 편이었는데, 불투명한 비닐자루들은 내 키보다 더 컸다. 비닐 안에 뭐가 들어 있는지는 밖에서 보이지 않았다. 둘째는 비장한 표정으로 내게 뛰어와서는 자루가 모두 다섯 개라고 말했다. 아직 밖에 대기 중인 자루들을 못 보고 하는 얘기였다. 곧, 먼저 배달된 자루보다 두 배는 더 많은 분량의 자루들이 초록 대문을 넘어 합류했다.

그 바람에 우리가 심어놓은 채송화나 맨드라미는 즉사했다. 라벤더는 고장 난 미닫이문처럼 한쪽으로 찌그러졌으며, 죽은 벌레를 발견할 때마다 넣어두곤 했던 구멍은 사라졌다. 금붕어 무덤을 표시했던 십자가는 그게 아무리 하드 막대 두 개로 만든 것이라고 해도 너무 무기력하게 쓰러져서, 누가 아무렇게나 먹다 버린 쓰레기처럼 보였다. 그 모든 건 우리 삼남매에게만 보이는 것들이었다. 어른들의 눈에는 어떤 상도 맺히지 않았다.

포크레인은 아침 10시쯤 우리 집으로 와서 점심이 지나도록 가지 않았다. 그것이 오후 내내 우리 마당을 훼손하는 걸 보는 건 괴로웠다. 둘째는 안절부절못하며 계속 뭔가를 확인하고 다녔고, 막내는 제가 심은 채송화가 사라진 걸 보고 울기 시작했다.

"난 이제 여기서 줄넘기도 못 하겠네요?"

"할 수 있지, 왜 못 하니."

내가 물었을 때, 대답한 사람은 아빠가 아니었다. 저 아래 깔린 방수포처럼 새파란 색의 점퍼를 입은 남자였다. 아빠의 동료라고 했다. 점퍼는 정강이를 덮는 길이에 품도 너무 커서 마치 저 자루들 중 하나처럼 보였다. 그는 종일 우리 마당을 제집인 양 밟고 다녔는데, 시퍼런 자루가 움직이는 것 같았다. 자루가 말했다.

"지하 10미터의 구멍 하나를 잠깐 빌린 것뿐이야. 달라진 건 아무것도 없단다. 평소대로 뛰어놀아도 돼."

"우리 채송화는요!"

막내가 소리쳤다. 자루는 막내를 보고 빙그레 웃더니, 엄마를 향해 말했다.

"말씀드렸다시피 지하 10미터이니까요. 사실 보통 사람이 지하 10미터에 대해 인식하기는 쉽진 않죠. 지상 10미터라면 모를까요."

나는 병에 든 커피를 하나 잽싸게 가져와서 자루에게 내밀었다. 자루는 이미 자기가 마신 병을 흔들어 보였지만, 또 마시면 어떠랴. 그가 조금 더 천천히 움직이거나, 갑자기 피곤하거나 해서 일이 지연되었으면, 했다. 그래서 내일로 마당 공사가 미뤄진다든지, 그게 아니면 모레로라도.

"저 자루들은 다 뭔데요?"

내가 물었을 때 자루는 '짐'이라고 대답했다.

"짐요? 무슨 짐요?"

"아아, 그러니까……"

자루가 뭔가 말을 하려나 싶었는데 엄마가 그걸 끊었다.

"나중에 설명할게요. 얜 상상력이 너무 풍부해가지고, 걱정도 많거든요. 워낙 책을 좋아해서요."

엄마는 내 시력이 안 좋은 이유에 대해서도 그렇게 말하곤 했다. "너무 책을 좋아해서요." 내가 운동을 못하는 이유에 대해서도 "너무 책을 좋아해서요". 내가 책을 좋아하는 건 사실이지만, 걱정이 많은 것도 사실이지만 그 둘 사이에 어떤 관계가 있다고 말할 수 있을까. 단지 나는 아빠의 성격을 닮은 거였다. 책보다는 유전자 문제란 말이다.

"나도 한 독서하는데, 어떤 책을 좋아하니?"

자루가 말했다. 내가 대답하지 않자, 자루는 자기 인생의 책으로 『어린왕자』를 꼽으며 이렇게 말했다.

"그런데 그거 아니? 이삿짐센터 직원들이 최악으로 꼽는 게 책이란다. 큰 가구보다도 책이 늘 짐이라고. 내가 엊그제 이사를 해봐서 알지. 어서 읽고 머리에 많이 넣어둬. 네 나이 땐 백과사전도 암기할 수 있잖니. 머리에 넣고, 집을 옮길 땐 책도 좀 버리는 게 좋아."

나는 그가 건드리지 않은 병 음료의 뚜껑을 따고 벌컥벌컥 들이켰다. 막내가 옆에 붙어서 또 채송화 타령을 했다. 저만치서 일을 다시 시작하자는 소리가 들렸다. 자루가 그쪽으로 갈까 봐 내가 얼른 덧붙였다.

"최악에서 두번째는요? 이사할 때 최악이 책이고, 그러면 그다음은 뭐예요?"

"으응? 두번째는…… 화분이지. 아아, 그것도 만만치 않아."

"최악에서 세번째는요?"

이번에는 둘째가 끼어들었다.

"세번째?"

남자는 동생들을 향해 얼굴을 들이밀더니, 다소 익살스러운 표정으로 대답했다.

"세번째는, 요렇게 들러붙는 꼬맹이들!"

그는 큰 보폭으로 성큼성큼 사라졌다. 구멍을 향해. 저만치 구멍 앞에 아빠가 서 있는 게 보였다. 저 구멍이 지하 10미터란 말인가? 바람이 불어 아빠의 바지 자락이 펄럭거리는 게 거슬렸다. 자칫 잘못하면 저 구멍 안으로 떨어질 것만 같아서였다.

작업은 오후 내내 계속되었다. 해가 저물 무렵엔 그 거대한 구멍이 다시 흙으로 메워졌다. 집 밖에서 낯선 사람들이 차에 시동을 거는 소리가 들렸고, 시퍼런 자루가 마지막으로 현장을 둘러보았다. 그는 어딘가로 전화 통화를 하며 '현장'이란 단어를 썼다. 문장 전체가 기억나진 않지만, 여기 현장은 잘 마무리되었습니다, 하는 식으로 말이다. 통화를 끝낸 그는 우리 부모님과 인사를 나누었다. 그러고는 대문 쪽으로 갈 거라는 예상을 깨고, 우리에게 다가왔다.

"아까 뭐라고 했지? 누가 죽었다고?"

"예?"

"아까 너희들이 계속 그랬잖아. 누가 죽었다고."

나는 막내를 쳐다보았다. 막내가 대답할 차례였다. 오후 내내 목 놓아 불렀던 그 이름을 말이다. 막내는 새초롬한 표정으로 말했다.

"채송화요."

"채, 뭐?"

"채, 송, 화, 요. 우, 리, 채, 송, 화!"

네 살짜리는 강하게 불만을 표출했다. 나는 자루가 웃거나, 우리를 혼내거나, 그 둘 중 하나로 반응을 보일 거라고 생각했다. 그러나 그는 두 갈래의 길 중 어디로도 가지 않았다. 그는 수첩을 펴 들고 동생의 말을 받아 적기 시작했다.

"채…… 송…… 화. 반 친구니?"

반 친구냐고? 어리둥절해진 막내는 단호하게 말했다.

"아닌데요."

"그래, 그럼 반 친구는 아니고, 채송화. 몇 살이지?"

문 밖에서 그를 재촉하는 소리가 들렸다. 우리가 얼른 대답하지 못하면 그가 떠나갈 것 같아서, 내가 얼른 대답했다.

"3년쯤 됐어요."

"오케이. 3년 된 채송화. 오케이."

자루는 뭐라고 적은 후, '탁' 소리가 나도록 수첩을 덮었다. 업무의 종료를 알리는 듯한, 경쾌한 소리였다.

2

　놀라운 건 작업의 속도였다. 한바탕 뒤집어진 마당을 예전처럼 봉합하는 과정이 특히 그랬다. 멀쩡한 마당에 구덩이를 파기 시작할 때부터 새 잔디를 깔기까지, 이틀이면 충분했던 것이다. 롤잔디가 트럭에 실려 도착했고, 그것으로 흙바닥을 덮는 데도 그리 오랜 시간이 걸리지는 않았다. 단지 잔디가 뿌리를 완벽히 내리는 데는 좀더 시간이 필요한데, 7월의 이 열기가 고비라고 했다.

　채송화가 배달된 건, 우리가 마당을 등지고 앉아 롤케이크를 먹고 있을 때였다. 돌돌 말린 잔디가 우리 셋에게 같은 것을 연상시켰기 때문에(초코 시트에 녹차 크림을 바른 롤케이크), 우리는 엄마가 사 온 케이크에 굴복했다.

"절대 좋아서 먹는 건 아니야."

둘째는 이렇게 말하는 걸 잊지 않았다.

그때 초인종이 울렸다. 분홍색 상자를 든 꽃가게 직원이었다.

"채민호 어린이 있나요?"

케이크에 집중하다 불려 나온 막내는 어리둥절한 채로 상자를 건네받았다. 꽃가게 직원은 막내가 상자 안의 내용물을 확인할 때까지 기다려주었다. 그 안에 있는 건 채송화였다. '3년 된 채송화'라는 푯말도 함께였다.

"어디에 심을까요?"

직원이 마당을 가리키며 물었다.

다소 놀란 듯한 막내 대신 둘째가 방어적인 태세로 나섰다.

"채송화는 어차피 퍼져나가거든요, 여기 심으면 저기도 나고요. 저기 심으면 저기 옆에도 난다고요!"

그리고 한 발 더 나아갔다.

"씨방이 터진다고요."

둘째가 나를 쳐다보았기 때문에 이번에는 내가 나섰다. 나는 '3년 된 채송화'라는 푯말을 가리키면서 말했다.

"이걸 어떻게 믿어요?"

"이름이에요. 3년 된 채송화. 요 아이의 이름이 그거랍니다."

직원이 말했다.

이름이라는데 어쩌겠어, 나는 거의 그런 표정으로 동생들을 쳐다보았다. 둘째는 자포자기한 듯이, 그래도 꽤 성의 있는 태도로 채송화가 있던 지점을 가리켰다. 막내는 엄마의 옷자락을 붙잡고 서서 그 채송화가 어떻게 이동하는지 주시했다. 능수능란한 직원은 채송화를 심었다. 농번기 모내기 수준으로, 재빨리.

엄마는 채송화를 아빠가 보냈을 거라고 했는데, 아빠라면 퇴근길에 들고 오지 않았을까. 우리가 함께 화원에 가는 방법도 있고 말이다. 채송화가 등장할 때부터 떠올랐던 건 그 시퍼런 자루 속에 파묻혀 있던 남자였다. 막내의 민원을 접수했던 건 그 사람이었으니까. 그렇다고 하더라도, 그게 이런 방식으로 처리될 거라고는 생각도 못 했기 때문에 나도 좀 당황했다. 한 방 먹은 기분이랄까.

"우리 민호 좋지? 채송화네!"

엄마는 그렇게 말하며 웃어 보였지만 막내는 웃지 않았다. 채송화에 대해서는 막내의 지분이 가장 컸는데, 막내는 채송화를 중심으로 한 바퀴 돌아본 후 "이것은 채송화가 아니다!" 라고 말했다. 엄마는 채송화라고 했고, 객관적으로 원래 있던 채송화에 비해 꽃송이도 많고, 싱싱한 모양새였지만 막내 눈엔 채송화가 아니었다.

"채송화 아니야!"

"그래, 그 채송화는 아니야. 그런데 얘도 채송화야."

엄마가 이렇게 인정한 후에야 막내는 겨우 울음을 그쳤다. 그리고 '그 채송화'의 행방을 물었다. 엄마는 막내의 오른손을 그 애의 가슴에 올려주었다. 거기에 있다고 말이다. 다음 날부터 막내는 새로 입주한, 그 3년 된 채송화에게도 눈길을 주기 시작했다.

흙은 출처와 이력을 쉽게 감출 수 있었다. 잔디 위로 어떤 봉제선도 보이지 않아서, 얼핏 보면 예전 마당 그대로였다. 저 아래 흙을 파내고, 정사각형 형태의 컨테이너를 내리고, 그 위를 다시 흙으로 덮은⋯⋯ 그 모든 게 꿈이었다고 해도 믿을 수 있을 것 같았다. 그러나 이웃들이 있었다. 대문 앞, 같은 골목을 공유한 사람들 말이다.

내가 이 집에 살게 된 건 다섯 살 때부터였는데, 그때부터 지금까지 이 골목에서 이사하는 집을 본 적이 없었다. 누군가가 군대에 가거나, 돌아오거나, 서울에 있는 대학에 가거나, 결혼을 하거나, 여러 이유로 구성원 몇 명이 이동하긴 했어도 집주인들은 그대로였다. 한마디로 어떤 비밀을 유지하기 참

힘든 구조였다.

이웃들은 우리가 컨테이너를 이용해서 지하 저장고를 만들었다고 믿었다. 엄마가 그렇게 말했으니까. 이미 그런 저장고를 가진 집도 있었고. 우리의 결과물도 비슷했다. 마당 한끝에 아래로 내려가는 문이 생겼고, 그 문을 열고 조금 더 아래로 내려가면 와인과 색색의 콩, 채소를 저장하는 공간이 나왔다. 그러나 그날 본 자루들은 거기에 없었다. 잿빛의 자루를 본 사람 중에는 바로 옆집에 사는 마티 할머니(그 집 개 이름이 마티여서, 마티 할머니로 통한다)도 있었다.

마티 할머니는 호스를 빌린다고 우리 집 문을 두드렸지만, 호스 때문일 리가 없었다. 엄마가 집을 비운 시간에 굳이 초인종을 누른 걸 보면 말이다. 마티 할머니는 마당 쪽을 슬쩍 보면서 며칠 전의 잿빛 자루가 뭐였냐고 물었다. 나는 흙이었다고 대답했다. 할머니는 막내를 향해 말했다.

"너는 왜 그렇게 울었던 거냐?"

막내는 그저 할머니를 빤히 쳐다보기만 했다.

"공사할 때 채송화가 망가져서 운 거예요. 우리 채송화, 이러면서요."

내 말에 마티 할머니는 납득이 가지 않는다는 표정을 지었다.

"네 살짜리가 꽃 때문에 운다는 건 좀 어색하지. 먹을 거면 또 몰라도. 네 살이 '우리 채송화'라니, 글쎄다."

"뭐, 가끔 먹기도 하나 보더라고요."

내가 대충 던진 농담으로는 할머니를 멈춰 세울 수 없었다. 집요했다.

"나는 어째 좀 이상한 기분이 드는구나. 음, 너희 아버지가 또 오염된 개들을 묻은 건 아니고?"

"아니에요."

"저번에도 그랬잖아. 센터에서 오염된 개를 가져왔을 때, 그때도 네 동생이 그렇게 울었어."

"그거 저 유치원 때 얘긴데. 그때 앤 세상에 없었다고요."

"아버지가 혹시나 또 오염된 개들을 묻으면 가만 안 있을 거다. 그게 혼자만의 문제가 아니란 걸 왜 모를까."

"오염된 개들 아니었어요."

"얘가 뭐라는 거야. 센터에서 온 거 다 아는데, 무슨."

"센터에서 아빠가 키우던 개였는데요."

절반은 맞고, 절반은 틀린, 그런 말이었다. 내가 아무리 말해도 마티 할머니 역시 절반만 믿을 것이다. 요청이 있다면, 언제든 지하 저장고의 문을 열어 내부를 보여줄 생각이었지만, 할머니는 그냥 돌아가고 말았다. 여전히 저 컨테이너 하나를 넣기 위해 우리가 마당을 헤집었다고는 믿지 않는 눈치였다. 할머니는 어떤 다른 이유가 있을 거라고 생각하는 것 같았고, 고백하자면, 나 역시 그랬다.

3

여름이면 휴가 계획을 짜는 게 아빠의 낙이었는데, 이번 여름만은 예외였다. 7월의 한가운데, 마당이 헤집어지는 바람에 우리는 어디로도 가지 못했다. 마당 입장에서는 억울할 수도 있겠지만 타이밍이 꼭 그랬다. 그 공사 이후로 아빠는 주말에도 출근해야 했다. 막내는 무료한 듯이 뒹굴다가 "아아, 오키나와 좋았는데!"라고 말했다. 지난해의 기억을 그렇게 소환하는가 하면 "괌은 어때?"라고, 누군가 했을 법한 말을 흉내내기도 했다. 막내는 네 살이었지만, 가끔은 열네 살에게도 너무 이른 것 같은 말을 하곤 했다. 내가 조금 늘어져 있으면, 그애는 약간 지쳤다는 투로 이렇게 말했다.

"누나, 냉동실에 누운 자반고등어처럼 왜 이래."

그러면 둘째는 흠칫 놀라서 냉장고 문을 열어 보는 거였다. 냉동실에 자반고등어 따위는 없었다. 어디서 주워들은 말인지는 몰라도 막내의 타이밍은 꽤 정확했다. 나는 정말, 냉동실에 누운 자반고등어처럼 늘어져 있었던 것이다. 그래도 그렇지, 네 살이 어떻게 저런 말을? 슬쩍 쳐다보면 막내는 다시 한번 자반고등어 타령을 했다.

여름 내내 자반고등어처럼 보낸 덕분에 나는 개학 직전에 작년 일기장을 참고해야 했다. 참고라고 하기엔 거의 전면적이었다. 고스란히 한 달분을 베껴 썼는데, 학교에서는 별 문제가 없을 게 뻔했지만(4학년 담임과 5학년 담임은 다르므로), 문제는 엄마였다. 엄마는 동생들이 보지 않는 곳으로 나를 데려가서 혼냈다. 내가 도둑질을 한 거나 마찬가지라는 거였다.

"내가 내 꺼 쓴 건데, 왜 도둑질이야?"

"4학년 때 여름이랑 5학년 여름이랑 똑같아? 아니잖아. 그런데 왜 베껴 써 그걸."

4학년 여름과 이번 여름이 똑같지 않다는 건 나도 알고 있었다. 이게 정말 도둑질이라면, 그렇게 해서 훔칠 수 있는 거라면 4학년뿐 아니라 3학년 일기까지 베꼈을 것이다. 엄마는 내가 거짓말쟁이가 되었다고 속상해했다. 일기를 그렇게 거짓말로 채우면 안 된다는 게 엄마가 누차 강조한 내용이었는데, 사실 내 입장에서 그건 거짓말이 아니었다. 작년 여름의 일기를 지금의 것처럼 다시 쓰는 동안, 나는 진심으로 즐거웠으니까.

개학까지는 겨우 4일이 남아 있었는데, 엄마는 일기를 다시 쓰라고 했다. 그것도 거짓말 아닌가. 꼭 빼닮은 두 권의 일기장을 엄마가 빼앗아 갔는데도, 작년 오늘 자 일기에 뭐라고 적혀 있었는지 기억할 수 있었다. 하도 들여다봐서 외워버릴 지경이었던 것이다. 지난해 여름, 우리 가족은 자전거를 타고 방파제를 따라 달렸다. 아빠의 자전거 뒤에 동생 둘을 실은 수레가 달려 있었고, 그 뒤로 내 자전거가, 마지막으로 엄마의 자전거가 있었다. 소나기가 시작되었고, 아빠가 자전거를 멈춰 세우는 걸 보고도 엄마와 나는 계속 페달을 밟았다. 앞바퀴가 빗물을 밀어 올리는 게 꼭 고래가 숨 쉬는 것처럼 느껴졌다. 젖은 길 위를 매끄럽게 누비던 바퀴의 감촉도 좋았다. 우리가 옷이 홀라당 다 젖으면서도 페달을 밟았던 그 오후를 엄마는 기억할까.

오늘 일기를 쓰려면 어디서부터 시작해야 하는지. 나는 대충 휘갈겼다가, 결국 지워버렸다. 내가 지운 문장은 이랬다.

"배롱나무 아래, 상습 훈육구역에서 엄마한테 혼났다. 일기를 베꼈기 때문이다. 엄마는 나를 혼낼 때 마당의 배롱나무 아래로 데려간다. 동생들 앞에서 혼내면 누나 위신 떨어진다면서. 그런데 엄마 목소리가 크레셴도처럼 점점 커지는 바람에, 결국엔 모두가 알게 된다. 기분 더럽다."

엄마 말대로 4학년 여름과 5학년 여름은 같지 않았다. 문제는 솔직하게 쓰자면 정말 끝이 없다는 데 있었다. 수위 조절을 어떻게 해야 하는 걸까. 수위 조절을 못한 예가 바로 둘째였다. 둘째는 이 여름을 지나치게 꼼꼼하게 기록해서 배롱나무 아래로 끌려갔다. 둘째의 일기에는 우리 마당에 구덩이를 팠고, 그 안에 수상한 뭔가를 넣었고, 그 때문에 마티 할머니가 의심하고, 아빠 얼굴을 보기가 힘들어졌으며, 3년 된 채송화가 비대하게 자라나 징그럽다는 것까지 소상히 적혀 있었다. 진짜 이번 여름에 대해 쓰려면 그런 것밖에 없는 것이다.

자정 즈음, 나는 동생의 일기와 내 일기 그리고 엄마가 말하는 일기 중에 뭐가 진짜일까를 생각하다가 마당으로 내려갔다. 모두가 잠들고 배롱나무 아래는 이제 텅 비어 있었다.

마티 할머니 말대로, 아빠는 개 두 마리를 마당 한구석에 묻은 적이 있다. 배롱나무 아래가 그 자리다. 내가 초등학교에 들어가기 직전의 일이긴 하지만, 아직도 또렷하고, 어쩌면 그 농도로 인해 내 유년기 최초의 기억이 된 건지도 모른다. 아빠는 퇴근길에 잿빛 자루를 하나 안고 왔는데, 그 자루 안에 비글 두 마리가 들어 있었다. 한 마리는 오는 중에 이미 죽었고, 다른 한 마리는 살아 있었지만 겨우 사흘을 더 살고 죽었다. 비글들은 우리 마당에 잠들었다.

마티 할머니가 그걸 오염된 개라고 부르는 건, 두 마리의 비글이 실험견이었기 때문이다. 아빠가 일하는 곳을 우리는 간단히 센터라고 불렀는데, 주로 동물실험을 하는 곳이었다. 동물이 우리 대신 화학품 부작용 검사를 받기 때문에 우리가 로션도 바를 수 있는 거라고, 아빠가 말한 적이 있다. 실험에 쓰인 동물들은 대부분 소각되거나 비닐봉지에 담긴 채 버려졌다. 간혹 실험 후에도 살아남는 경우엔 안락사를 했는데, 그 비글 두 마리는 아빠가 우리 집으로 데리고 온 거였다. 아빠를 유독 잘 따랐던 아이들이었다고는 하지만 실험견이 밖으로 나가는 건 예외적인 경우였고, 센터 초창기에나 가능했던 일이다. 이제 실험동물을 센터 밖으로 가지고 나가는 건 거의 불가능했다. 설령 살아 있는 경우라고 해도 말이다. 마티 할머니처럼 바이러스라든지 그런 걸 걱정하는 사람들이 많았으니까. 이제는 모두 센터 안에서 폐기된다. 그리고 연말에 실험동물을 위한 제사를 지낸다. 그렇지만 아마도 또 한 번 예외가 생긴 모양이라고, 나는 저 앞에 놓인 지하 저장고의 입구를 보며 생각했다.

마당에 통풍구처럼 뚫려 있는 게 컨테이너의 입구였다. 가로세로 높이가 모두 1.5미터쯤 되는 컨테이너가 이 마당 아래에 있었지만 그게 전부는 아니었다. 그 아래에 또 하나의 컨테이너가 들어가는 것을 내 눈으로 똑똑히 봤다. 어찌 보면 지금이 저장고는 그 아래에 있는 다른 하나를 덮기 위해 만든 용도인 것이다. 저장고로 들어가면 여름밤의 공기가 몇 도쯤 서늘해지는 걸 체감할 수 있겠지만, 이 밤에 저 문을 열어볼 용기는 나지 않았다.

"밤낮이 뒤바뀌었구나. 개학하면 어쩌려고?"

아빠였다. 아빠는 담뱃갑을 얼른 집어넣으며, 어둠 속에서 빙긋 웃었다.

"요거, 눈이 아주 말똥말똥하네."

"어? 담배 끊은 거 아니었어?"

아빠는 "거의 끊었다"는 애매한 말을 했다. 우리는 2인용 흔들의자에 나란히 앉아서 몸을 흔들었다. 꽤 오랜만이었다. 최근에는 아빠의 출장과 야근으로 인해 얼굴 볼 기회조차 없었던 것이다. 이런 기회가 드물다는 생각 그리고 아빠가 담배 때문에 수세에 몰렸다는 생각이 들자, 궁금한 게 단도직입적으로 튀어나왔다.

"아빠, 이 아래에 묻은 게 혹시 비글이야?"

"응?"

"아니면 기니피그? 랫? 마우스?"

아빠는 습관적으로 담배를 찾다가, 손을 거두고 대답했다.

"토끼."

토끼구나.

"가을 안에 가져가. 임시로 우리 집에 두는 거야."

어둠 속에서도 잔디가 뿌리 내리는 소리가 들리는 것 같은데 또 파헤친다고? 그럴 거면 비싼 잔디를 왜 깔았느냐고 묻자, 아빠가 그게 질문이냐는 식으로 대꾸했다.

"회사 돈으로 하는 건데 안 하면 바보지?"

말 그대로 우리는 마당을 빌려준 거네. 마당 아래를. 그렇게 생각하자 그날 본 자루가 적지 않았다는 것이 떠올랐다. 그 자루들이 아마 저 지하 깊은 곳 컨테이너 안을 채웠을 것이다. 그만큼을 채우려면 대체 얼마만큼의 토끼가 필요한 걸까. 실험용 토끼에 대한 여러 정보들이 머릿속에서 뒤엉켰다. 토끼 눈을 고정해놓고 거기에 약품을 바르는 장면도 떠올랐고, 토끼 목에 상처를 내고 거기에 약품을 바르는 장면도 떠올랐다. 토끼는 화장품 실험에서 가장 많이 쓰이는 동물이었다. 순하고, 체구가 작고, 개체 수가 많아서.

"아빠, 실험용 토끼는 1초에 세 마리씩 죽는대."

그렇게 말해놓고 덧붙였다.

"물론, 아빠가 전문가니까 더 잘 알겠지만."

내 말에 아빠는 헛웃음을 지었다.

"그런 건 어디서 봤니?"

"책에서."

아직은 8월의 끝자락인데, 제법 선선한 바람이 의자를 흔들었다. 배롱나무 위에 매미가 벗어놓은 껍질을 발견한 밤이었다. 바람이 불 때마다 조금씩 흔들리던 매미 껍질은 아침이 오기 전에 쿵, 하고 떨어졌다. 속이 텅 비어 있을 텐데도 무언가가 무너지는 소리를 냈다. 여름이 그렇게 끝났다.

4

직접 심고 거둔 채소를 식탁 위에 올리는 게 엄마의 자부심이었다. 엄마를 빼면 가족 중 누구도 채소를 좋아하지 않았지만, 엄마와 샐러드 놀이를 할 때면 취향도 별 문제될 건 없었다. 오늘의 재료는 가늘게 채를 쳐서 드레싱으로 버무린 양배추샐러드였다. 엄마가 양배추샐러드를 한 젓가락 집어 들고 놀이의 시작을 알렸다.

"이게 뭘까?"

그러면 동생들은(절대 나는 아니다) 손까지 들어가며 대답했다.

"나, 나! 거미줄!"

"나는, 아이언맨!"

"이만큼 큰 거미줄!"

샐러드의 형상을 보고 제멋대로 이름을 붙이면, 엄마는 마음에 드는 대답을 골라서 승자의 입에 샐러드를 넣어주었다. 가만히 지켜보면 결국 두 동생 다 먹는 횟수는 똑같았다. 많아야 한두 회 차이랄까. 별로 좋아하지도 않는 샐러드를 가지고 경쟁을 붙여놓으면 둘 다 정답을(애초에 정답은 없는 것이지만) 맞히고 싶어서 애썼고, 젓가락이 들어오면 입을 제비처럼 벌렸다. 한때 내 단골 대답이 '신데렐라'나 '백설공주'였다는 걸 부인할 생각은 없지만, 모두 오래전의 일. 이제 저건 사우전아일랜드 드레싱을 뿌린 양배추일 뿐이다.

흔한 저녁이었다. 막내가 거미줄 타령을 하는 게 평소와 다르다면 좀 다른 점이었다. 엄마는 이 샐러드 놀이를 통해 야채도 먹이고 아이들의 상상력도 높일 수 있을 거라고 생각했지만, 거미줄은 상상력의 점프가 아니었다. 실제로 집 구석구석에 거미줄이 많이 생기기 시작했던 것이다. 마당의 구석마다, 나무마다, 집의 외벽마다, 모서리라면 모서리마다 거미줄이 눈에 들어왔다. 원인은 둘 중 하나였다. 집 짓는 거미들이 늘어났거나, 거미 집을 철거하던 사람이 바빠졌거나.

아빠에게 다시 주말이 찾아온 건 9월 한 달이 다 끝나갈 무렵이었다. 그게 마냥 좋은 것만은 아니었던 게 아빠의 귀환과

31

함께 부모님의 싸움이 잦아졌기 때문이다. 부모님의 얘기는 무엇으로 시작하든 좀 길어지면, 마당의 폐기물 얘기로 끝났다. 그럴 수밖에 없는 게, 마당의 변화가 눈에 보였다. 지렁이들이 자꾸 땅 위로 올라온다는 것을 알게 된 건 마당이 헤집어지고 두 달쯤 지났을 때였다. 비가 오지 않았는데도 지렁이가 자주 보였다. 둘째는 나무젓가락으로 지렁이를 쿡쿡 찔러대곤 했다.

"왜 못 들어가? 나온 데로 다시 들어가면 되잖아? 길을 몰라?"

미처 땅속으로 들어가지 못한 지렁이들은 햇빛 아래서 온몸이 굳어갔다. 나는 죽어가는 지렁이 위로 물을 가져와 뿌려주기도 했다. 땅 위로 올라온 것이 몇 마리에 불과했을 때의 얘기다. 우리는 더 이상 마당에서 놀지 않았다. 집 안에 있었고, 엄마의 목소리는 방문 밖에서도 다 들릴 만큼 컸다.

"감사 끝나면 가져간다더니, 아직도 그대로잖아. 신경은 쓰고 있는 거래? 이 동네에 얼마나 말이 많은데."

이건 엄마의 말이었고.

"상황을 좀 보자니까 그러네. 기다려봐. 연말까지만 양해를 구한다잖아."

이건 아빠의 말이었다.

"누나, 근데 현철이네 엄마 아빠는 매일 싸운대."

이건 둘째의 말이었다. 둘째는 부모님이 싸우면 괜히 친구네 집 사정을 들먹였다.

"현철이네가?"

그렇게 대꾸해주면 둘째는 다른 친구들의 이름도 들먹였다. 애꿎은 현철이, 승호, 연준이…… 부모들이 죄다 싸우거나 고약하다는 거였다. 친구네 집을 들쑤시면서까지 확인하고 싶은 게 따로 있는 것 같아서, 나는 동생들을 데리고 대문 밖으로 나갔다. 놀이터는 골목 끝에 있었고, 거기엔 둘째에게 행복감을 주는 미끄럼틀이 있었다.

벤치에 앉아서 미끄럼틀 쪽을 향하고 있으니, 둘째가 마치 사냥하는 코요테처럼 행동하는 게 보였다. 미끄럼틀은 이미 몇 명의 아이들이 점령하고 있었는데, 둘째는 그중에 한 아이를 은근슬쩍 무리 밖으로 꾀어냈다. 그리고 이렇게 물었다.

"야, 너 몇 살이야?"

무리 밖으로 나온 아이가 두 손을 활용해서 대답했다.

"여섯 살."

둘째는 콧방귀를 꼈다.

"난 일곱 살이거든?"

'그래서, 뭐?'라고 생각하는 건 나뿐이었다. 한 살 밀린 그 아이는 슬금슬금 물러났고, 무리는 함께 떠나갔다. 둘째는 잽싸게 미끄럼틀 계단을 올라가며, 막내를 불렀다. 그리고 나도 불렀다. 미끄럼틀 아래에 붙어 있던 그네가 내 자리였다. 둘째가 지정해준 자리에 앉아 무게중심을 이리저리 옮겨보았다. 아까 들었던 말들이 다시 떠올랐다. 엄마와 아빠는 싸우고 있었지만, 둘 다 아무 권한이 없다는 점에서 결국 같은 편이었다. 권한은 센터에 있는 모양이었다. 상황을 정리해보면, 센터에서 그 폐기물을 회수하기로 한 기한이 이미 지났는데도 그걸 가져가지 않고 있다는 거였다. 원래대로라면 일주일 전에는 가져갔어야 했다. 아빠 말로는 센터에서 폐기물 보관소가 준비되는 연말까지 세 달만 더 기다려달라고 했다는데, 엄마는 그게 싫은 거고, 말은 안 했지만 나도 그랬다.

센터는 왜 약속을 지키지 않는 걸까. 아무리 생각해봐도 우리 마당이 소화할 수 있는 건 비글 두 마리, 그 정도였다. 그 이상은 무리였다. 저 아래에 수많은 토끼들이 묻혀 있다는 걸 떠올리면, 어쩐지 우리 셋이 집으로 돌아가는 것조차도 과한 것처럼 느껴졌다.

놀이터에서 나와 우리의 초록 대문 앞에 섰을 때, 집은 그새 낯설어져 있었다. 건물의 오른쪽과 왼쪽에 밀도 차이가 있는 것처럼 느껴진 건 단지 기분 탓이었을까. 담벼락과 접한 쪽이 단단한 콘크리트 같았다면, 큰 마당 쪽과 접한 면은 마치 비스킷으로 이루어진 것 같았다. 비가 오면 문드러지고 눅눅해지는 비스킷. 그 비스킷 앞에서 아빠가 잔디를 다듬고 있었다. 오랜만에 보는 모습이었다. 아빠는 지렁이를 이제야 발견했는지, 언제부터 이랬느냐고 물었다.

엄마는 폐기물 회수가 연말까지 늦춰졌다는 사실을 받아들이는 대신, 다른 방향으로 바쁘게 움직였다. 다음 달에 우리 마당에서 잡지 촬영을 하기로 한 건, 그런 노력의 성과였다. 『심플라이프』라는 잡지였는데, 엄마랑 친한 이모가 일하는 데여서 나도 몇 번 읽어본 적이 있었다. 주로 텃밭을 가꾸거나 가구를 만들거나 파이를 구우면서 웃는 가족들이 많이 등장했던 기억이 났다. 두 페이지의 지면, 그리고 사이트에 올릴 짧은 영상, 그게 우리 가족의 몫이었다.

촬영일까지 아직 보름이나 남아 있었지만, 엄마는 벌써 가족 모두에게 일감을 줬다. 아빠와 동생들이 마당 곳곳을 다듬는 동안, 나는 2층 방에서 그 모습을 내려다보며 어떤 말을 할까 고민했다. 내가 할 일은 2분가량, 우리 가족과 마당에 대해 소개하는 거였다. 반장 선거 준비를 하는 것도 아닌데, 엄마는 그 2분이 잘 준비되고 있는지 수시로 검사하려고 했다. 심지어 공중목욕탕 같은 곳에서도 말이다.

"준비 다했니? 지금 해봐. 엄마가 보게."

나는 서 있었고, 엄마가 내 오른쪽 다리를 이태리타월로 밀고 있을 때였다.

"싫어. 지금 안 할래. 나중에 집에서."

"엄마 시간 있을 때 해. 집에 가면 언제 시간이 나니?"

결국 나는 엄마가 시키는 대로, 준비한 내용을 읊어보려 했지만 고역이었다. 엄마야 플라스틱 의자에 앉아 있었지만, 나는 서 있었고, 내 눈에는 칸막이 너머 다른 여자들이 다 보였던 것이다. 나는 등을 새우처럼 구부리고 말했다.

"사람들이 다 본단 말이야."

"아무도 안 봐. 누가 봐."

결국 다시 엉거주춤 섰다. 목소리는 최대한 낮추고, 중얼거리기 시작했다.

"안녕하세요, 저는 잔꽃초등학교 5학년 4반 채……"

"더 자신감 있게 해야지. 똑바로 서서."

"안녕하세요, 저는 잔꽃초등학교 5학년 4반 채유나입니다. 오늘 저희들은 양파를 심을 건데요. 양파는 이 추운 겨울에 맨몸으로 땅에 뿌리를 내리는 채소입니다. 씩씩한 양파를 먹으면 우리도 튼튼해지기 때문에……"

쟤 뭐하는 거야,라는 눈빛으로 사람들이 쳐다보는 것도 같

왔고, 엄마 말대로 아무도 나 따위 신경 쓰지 않는 것도 같았
다. 어떻든 하나만은 확실했다. 다시는 엄마 따라 목욕탕에 오
지 않을 거란 사실.

5

『심플라이프』의 인터뷰는 10월 둘째 주 토요일로 예정되어 있었다. 엄마가 친구와 통화할 때 그 인터뷰에 대해 "평소대로 하면 되지 뭐, 준비할 게 뭐 있나?"라고 말하는 걸 들었지만, 그건 사실이 아니었다. 식탁 위에는 그 토요일이 오기 전에 우리가 해야 할 일이 60가지 항목으로 세분화되어 적혀 있었다. 60가지라니. 이를테면 담벼락 다시 칠하기처럼 연관성이 있다고 생각되는 것부터 세차처럼 조금 상관없는 일이 아닌가 싶은 것까지 포함되었다. 엄마는 '이참에'라든지 '이기회에' 같은 말을 자주 썼다. 아빠는 주말에도 일찍 눈을 떴지만, 식탁 위에 놓인 60가지 목록과 대면하고는 미리부터 지쳐서 다시 침대로 갔다. 그래봤자 오래 잠들지도 못했다. 아침을 먹으며 「걸어서 세계 속으로」를 보는 게 우리의 평범한 토요일 풍경이었고, 그걸 가장 좋아하는 사람이 아빠였다.

그런데 오늘은 텔레비전을 포기하고 밖으로 나서야 했다. 엄마가 '이참에' 하라고 했던 일 중에는 센터에서 준비하고 있다던 그 폐기물 보관소가 어디에 있는지, 눈으로 분명히 확인하라는 것도 있었기 때문이다. 아빠가 센터의 폐기물 보관소에 다녀오는 건 이미 지난주에 할 일이었다. 찬찬히 생각해보면 나머지 59개의 항목이 모두 이 하나를 위한 들러리가 아닌가 싶을 정도로, 이건 엄마가 가장 강조하는 숙제였다. 아빠는 지난 주말에 했던 것과 똑같은 말을 했다. 폐기물 보관소가 어떻게 진행되는지는 이미 서류로 다 얘기가 된 건데, 굳이 그걸 황금 같은 주말에 따로 가서 확인해야 하냐는 거였다.

"그냥 두 눈으로 확인하자는 거야. 그게 어디에 있는지. 세차도 좀 하고."

엄마의 말만 들으면 폐기물 보관소를 보고 오는 게 세차처럼 꽤 간단한 일인 듯 느껴졌다. 아빠는 괜히 세차를 문제 삼았다.

"내일 비 온다던데. 다음 주에 하자."

"그럼 세차는 다음 주에 하고, 오늘은 거기 다녀와. 직원도 2시까지 오기로 했다며. 약속 다 해놓고 왜 그러는지 몰라."

"팀원한테 미안해서 그러지. 주말인데."

"본인이 같이 가겠다고 했다며, 그리고 거기 담당자잖아. 일 확실히 해."

막내가 엄마 뒤에 숨어서 후렴구를 따라 했다.

"일 확실히 해."

오후 2시, 나는 아빠를 감시하겠다는 핑계로 따라나섰다.

"아빠가 친환경적이고 깨끗한 보관소라고 했잖아. 정말 그게 맞는지 내가 똑똑히 확인하고 올게."

엄마는 잠시 고민하는 것 같더니, 내가 숙제를 다했다는 것을 확인하고는 동행을 허락했다. 두 동생들은 안 된다고 했다. 나는 자동차 뒷자리에 올라탔다. 아빠가 차를 약속 장소로 몰면서 말했다.

"미소약국 얘기를 내가 했던가? 7, 8년 전에 엄마가 차를 몰고 돌진한 데야. 저 유리문 앞으로 슝."

"왜? 저기서 뭘 잘못했어?"

"아니. 운전 미숙으로."

미소약국 앞에 한 사람이 서 있었다. 아빠는 그쪽으로 차를 댔다.

"근데 왜 여기서 만나, 하필이면? 찜찜하게."

"이 통유리, 아빠가 갈아준 거니까 우리 문이나 마찬가지지. 앞으로 아빠랑 밖에서 만날 때는 항상 여기다. 알았지? 어이, 왔어?"

한 사람이 조수석에 올라타면서 내게 인사했다.

"안녕, 잘 지냈니?"

나는 얼른 인사를 했지만, 그때까지만 해도 그가 시퍼런 자루라는 사실을 바로 알아보지 못했다. 그는 베이지색 니트를 입고 있었는데, 그날의 시퍼런 자루와는 이미지가 너무도 달랐다. 하긴, 그날 내가 기억하는 건 그의 옷이었을 뿐, 정작 얼굴을 제대로 보진 못했다. 나는 뒷자리에, 잘못 달린 블랙박스처럼 앉아서 모든 것을 기억하기로 했다. 그는 아빠보다 한참 젊어 보였고, 심지어 향수 냄새도 났다. 자루의 뒤통수에 자꾸 시선이 가는 건 그의 뒷머리와 목이 연결되는 지점 때문이었다. 그 경계선이 깔끔해 보였다.

"난 또, 직속상관이랑 같이 오신다기에 사모님인 줄 알았는데. 따님이었구나!"

자루는 그렇게 말하고는 한 번 더 뒤를 돌아 내 얼굴을 확인했다.

"와, 더 예뻐졌네. 책은 여전히 많이 읽고?"

그 말에 얼굴이 달아올랐다. 내 얼굴에서 온도 변화가 느껴졌다는 게 당황스러워서 얼른 차창 쪽으로 고개를 돌렸다. 아빠는 라디오의 클래식 채널을 낮게 틀었다.

"그나저나 저녁이 있는 삶을 도와주지는 못할망정, 이렇게 주말까지 불러내서 어째?"

"그게 함정이죠. 저녁 대신 주말을 반납하고 있다는 것! 하하."

"저녁이 있는 삶?"

내가 여전히 창밖에 시선을 고정한 채 중얼거리자, 자루가 대답했다.

"음, 퇴근 후에 집에서 책 한 권 읽는 게 덜 부담스러운 인생이랄까?"

"나도 그 나이면 그런 모토로 다시 살아볼 텐데 말이야. 이미 때가 묻었네!"

아빠가 그렇게 말하며 내비게이션에 주소를 입력했다. 차에 내장된 내비게이션은 목적지까지 한 시간이 소요된다고 했다. 주소지는 우리 집 주소와 앞머리가 같았지만, 구 단위에서부터 달랐다. 자루는 시의 이 끝에서 저 끝으로 이동하는 셈이라고 했다. 밖으로 보이는 풍경이 꽤 한산했다. 우리는 어느 한가운데서 점점 멀어지는 방향으로, 인파가 점점 적어지는 방향으로 달리고 있었다. 나는 마음속으로 자루의 명찰을 바꿔 달고 있었다. 이제는 자루가 아니라 '루'라고 부르기로 말이다. 자루는 적절치 않았다. 그건 어째 불길한 이름이니까.

우리는 49분 만에 목적지에 도착했다. 아빠의 센터 이름이 적혀 있는 넓은 부지였는데, 아빠가 조금 당황스러운 표정으로 차에서 내리는 게 느껴졌다. 두 사람은 차에서 내려 뭔가를 한참 얘기했는데, 살짝 내린 차창 덕분에 대화가 내게도 들렸다. 아빠는 두 달 전에 이미 이곳에 다녀온 적이 있었다고 했고, 루는 깜짝 놀랐다. 나도 놀랐다. 아빠는 그때나 지금이나 이곳이 멈춰 있는 게 똑같다면서, 휴대폰으로 사진까지 찍어 뒀으니 비교가 가능할 거라고 했다.

"보관소를 만들 생각조차 없는 거야. 그렇게 생각되지 않아?"

"에이, 그럴 리가요. 아직 두 달쯤 남았으니까, 기다려보시죠. 공사야 금방 하잖아요."

두 사람의 대화에서 아빠는 엄마의 역할을 맡고 있는 것 같았다. 아빠는 거기서 담배를 한 대 피워 물었고, 루는 자신의 휴대폰으로 그 허허벌판의 사진을 몇 장 찍었다. 마침내 아빠가 어딘가로 가자고 말했는데, 루는 그곳이 어딘지 한번에 알아듣지 못했다. 아빠가 어떻게든 지금 그 주소를 알아내라고 다그쳤고, 루는 어딘가로 전화를 걸었다. 두 사람은 다시 차에 올라탔다. 새로운 목적지가 내비게이션에 입력되었다. 거기까지는 30분이 소요된다고 했다. 지금 이 위치에서 다시 동쪽으로 이동하는 코스였다.

30분은 한 시간이 되었다. 인적이 드문 지역이라 교통 체증도 없었는데, 길을 찾느라 시간을 허비했다. 내비게이션조차 자신의 목적지를 잘 모르는 것 같았다. 내가 보기에도 영 아닌 것 같은 좁은 길로, 비포장도로 위로 우리를 인도하더니 마침내 어느 지점에 가서 이렇게 기권을 선언했다.

"목적지에 도착하였습니다. 안내를 종료합니다."

흙길이었지만 타이어 자국이라고는 하나도 보이지 않는, 어쩌면 차가 들어오면 안 되는 것 같은 길 위였다. 아빠가 그대로 직진하려 하자 내비게이션에서는 다급하게 유턴하라는 소리가 흘러나왔다. 아빠는 결국 내비게이션을 껐고, 한 손으로 주머니를 더듬더듬했다.

"유나야, 아빠 휴대폰 안 가져왔니?"

"난 모르는데?"

"아, 놓고 왔네. 그나저나 길이 왜 이렇지. 혹시 내비 어플 없어?"

아빠가 루에게 물었고, 루가 대답했다.

"내비는 없는데요?"

그는 자신의 휴대폰을 들여다보면서 정말 내비가 하나도

깔려 있지 않다는 것을 재확인하고 있었다. 그렇다고 얼른 새로 내려받는다거나 할 기색은 보이지 않았다. 아빠는 길 아닌 길로 계속 달리면서 말했다.

"요즘에는 휴대폰 내비가 더 낫던데. 어플도 많고."

아빠의 뒤통수만 보아도 그 속에서 뭔가가 팽창하는 소리가 들리는 것 같았는데, 정작 옆에 앉은 루는 아무것도 느껴지지 않는지 가만히 있었다.

"내 얘기는 얼른 내비를 깔라는 거야."

"내비를요?"

루는 그렇게 되묻더니 주섬주섬 뭐라고 말하기 시작했다. 요약하자면 이번 달 데이터를 다 써서 뭔가를 더 내려받는 건 곤란하다는 거였다. 저 아저씨가 왜 저러지? 이 상황에 내 또래나 할 법한 말을 하다니. 상황이 더 악화되기 전에, 결국 내가 주머니에서 휴대폰을 꺼냈다. 그리고 얼른 내비게이션 어플을 내려받아서 아빠가 폭발하기 전에 앞으로 들이밀었다. 아빠가 깜짝 놀랐다.

"뭐야, 너 휴대폰이 있었어?"

"요즘 없는 애들이 어디 있어. 참고로, 아빠 휴대폰에도 내 번호 저장되어 있는데."

아빠는 별 대꾸가 없었다. 엄마가 내 휴대폰을 개통해준 시점은 지난여름이었는데, 그 이후 아빠가 얼마나 나한테 무심했는지를 증명하는 순간이었다.

"자, 찍어봐. 정확하게."

자루는 아빠로부터 휴대폰을 건네받아 새 주소를 입력하기 시작했는데 그조차도 서툴러서 남은 둘을 또 답답하게 했다. 다시 남쪽으로 30분을 달려야 한다고 했지만 우리는 아직 지도에도 잡히지 않는 길을 통과했다. 그 결과 새 목적지까지 예상보다 금방 도착했다. 눈앞에 보이는 건물은 아빠가 기대했던 폐기물 보관소라고 하기에는 너무 작아 보였다. 지하에 얼마나 많은 공간이 있는지는 몰라도 말이다.

이미 오후 5시가 지나 있었고, 해가 곧 저물 것처럼 보였다. 목적지에 도착하자마자 처음 든 생각은 루가 정말 데이터 때문이 아니라 다른 이유로 모든 걸 지연시킨 게 아닌가 하는 거였다. 데이터 부족이 아니라 실은 이 주소가 마땅치 않았던 게 아닐까.

6

그 건물 맨 꼭대기엔 피아노학원 간판이 걸려 있었다. 쌀집 간판 아래서 분식을 판다거나, 미용실 간판 아래서 구두를 파는 가게를 본 적은 있지만 이건 좀 당혹스러웠다. 폐기물 보관소니 소각장이니 하는 시설이 어떤 형태일지 상상해본 적이 없었는데도 확실히 지금 저런 건물은 아닐 거라는 생각이 들었다. 하나, 둘, 셋. 지상으로는 3층 규모의 건물이었는데 아주 평범했다. 뭐랄까 솔직히 저 건물보다는 우리 집 마당으로 들어간 그 컨테이너가 더 정교한 것처럼 느껴질 지경이었다. 나는 그런 생각을 하고는 얼른 고개를 가로저었다. 우리 마당은 쓰레기장이 아니니까. 분명히 임시로 빌린 거라고 했으니까, 연말까지만. 그렇지만 센터에서 처음에 약속한 시간이 가을이었다는 걸 생각하면, 연말이 되어서 또 뭐가 어떻게 달라질지 알 수 없는 노릇이었다. 아빠와 루가 계단 아래로 내려가 지하를 확인하고 올라오는 동안 나는 차에서 기다려야 했다. 그 아래를 보지 못했다. 조금 후에 아빠가 담배를 한 대 피운 후, 남은 담뱃갑을 지하로 가는 계단 첫 줄에 내려놓는 게 보였다.

오늘 내가 어떤 불안을 감지했다면 그건 아빠와 루가 주고받은 말보다는 두 사람이 방치한 침묵 때문이었을 것이다. 초반에는 두 사람 사이의 대화가 끊이지 않았지만, 해 질 무렵 우리가 다시 미소약국으로 돌아올 때 차 안에는 거의 정적만 흘렀다.

"여기일 거라고는 생각도 못 했어요. 뭔가 착오가 있을 겁니다."

루의 말에 아빠가 월요일에 다시 확인해보자고 대꾸한 게 전부였다.

"엄마한테 헤맨 얘기는 하지 말자. 아빠가 담당자한테 다 연락해뒀거든? 확인하고서 다음 주에 엄마한테도 확실히 얘기할 테니까."

아빠가 미소약국 앞에 루를 내려준 다음에 한 말은 내 예상을 조금도 비켜가지 않은 것이었다. 아빠가 취한 행동 중에 내가 미리 짐작할 수 없었던 건 딱 하나, 담뱃갑과 라이터를 그 작은 건물의 계단에 두고 온 것뿐이었다. 내가 대답을 얼른 하지 않자, 아빠가 룸미러로 내 표정을 확인했다.

"아빠가 믿는 건 첫째잖아. 알지, 우리 딸?"

"아까 거기가 보관소가 맞아? 연말에 거기로 짐을 가져간 대? 담당자가 저 아저씨 아니야?"

"저 사람은 아직 신참이잖아. 뭘 모르지. 우리 센터에서 가장 파워 있는 사람이 소장인데, 너도 전에 본 적이 있지? 소장님이 아빠랑 단단히 약속을 했어. 늦어야 연말이야. 최대 늦어야 연말이라고. 알았지? 그러니까 우리 딸은 걱정하지 마!"

60가지 목록을 하나씩 실행 중인 엄마의 기분을 깨고 싶지 않았다. 또, 나는 첫째니까. 내가 흔들리면 동생들은 통제가 안 된다. 나는 고개를 주억거렸다.

"목적지에 도착하였습니다. 안내를 종료합니다."

미소약국에서 집까지는 안내가 불필요한 길이어서 내비게이션에서 흘러나온 그 말이 별 기능도 하지 못했지만, 내게는 그 말이 오늘 들은 그 어떤 말보다 선명하게 들렸다. 귓속으로 파고드는 것 같았는데, 저 지도의 판단과 우리의 판단이 정확하게 일치한, 유일한 순간이었기 때문이다. 바로 그 지점에 우리의 초록 대문이 있었고, 그건 마치 반나절 동안 찾아 헤맨 진짜 목적지가 바로 여기인 것 같은 기분까지 들게 했다. 고개를 가로저었다. 좋지 않은 생각이었다. 우리가 찾던 건 폐기물 보관소였으니 말이다.

어쨌거나 우리는 60개 목록을 다 해결했다. 표면적으로는 그랬다. 정확히 따지면 59개일 수도 있었고, 미완성의 한 가지가 영 마음을 찜찜하게 만들었지만.

10월 둘째 주 토요일은 아주 화창해서 눅은 이불 같던 내 불안감을 바싹 말려주려는 것 같았다. 햇빛은 찬란했고 마당은 아름다웠다. 배롱나무는 곱게 단풍이 든 채, 오전에 도착한 손님들을 환영했다. 기자 두 명 그리고 잠깐 우리 대문 안을 기웃거린 마티 할머니. 우리 가족은 모두 청바지를 입고, 대문을 보란 듯이 활짝 열어두었다.

마당 한쪽의 텃밭에는 이미 비닐이 깔려 있었다. 양파 모종을 일정한 간격으로 심을 수 있도록 구멍이 뚫린 비닐이었다. 우리는 이미 구획을 다 나눠두고, 각자의 영역 표시를 할 수 있는 푯말까지 준비했다. 빨간 양파 모종이 백 개, 흰 양파 모종이 백 개였다. 기자들은 알아서 촬영을 할 테니 신경 쓰지 말고 농사를 지으라고 말했는데, 둘째가 그 말이 웃기다고 했다.

"우리가 농부인 줄 아나 봐."

그러더니 정말 프로 농부처럼 양파 모종 심기에 몰입하기 시작했다. 내게 다가와 이런 조언을 하기도 했다.

"누나. 너무 깊게 심지 마. 토끼들도 생각해야지."

나는 그 자리에 얼어붙었다. 둘째가 그걸 어떻게 알았지? 이후로 집중이 되지 않았다. 둘째가 혹여나 자루 얘기를 꺼낼까 봐 마음을 졸였는데, 막내까지 이렇게 거들었다.

"우와, 슈퍼지렁이야."

막내가 가리키는 곳에 보통 지렁이보다 훨씬 굵고 길게 느껴지는 지렁이 한 마리가 꿈틀대고 있었다. 둘째가 지렁이를 손으로 집어 들고는 고개를 갸우뚱했다.

"다시 지렁이가 돌아왔네. 그런데 너무 커."

우리가 웅성웅성 모여 있는 모습은 사진기자의 카메라에도 담겼는데, 지렁이도 함께 담긴 건지는 모르겠다. 아빠는 지렁이를 보고도 대수롭지 않다는 반응을 보였다.

"아빠 어릴 때 시골에선 이 정도 크기는 흔했다. 그때에 비하면 아무것도 아니야."

슈퍼지렁이를 시야에서 놓친 건 그때 내가 인터뷰에 응할 시간이 되었기 때문이다. 나는 동영상 촬영용 카메라 앞에서 우리 텃밭에서 자라난 이름들을 읊었다. 치커리, 부추, 양배추, 당근, 상추…… 내가 그 이름들을 읊는 걸 보고는 막내가 애플이니 바나나니 말도 안 되는 걸 덩달아 읊기 시작했지만, 나는 적절한 시점에서 오늘의 주제로 돌아왔다. 텃밭 식물 중에서 내가 가장 좋아하는 게 양파라고 말이다.

"양파는 추운 겨울에 맨몸으로 땅에 뿌리를 내리기 때문에 강인하고 씩씩해요. 이런 양파를 많이 먹는 게 건강에 좋대요. 제가 심은 양파를 제가 먹을 수 있다는 데에 정말 감사해요. 나중에 어른이 되어서도 꼭 텃밭을 가꾸면서 살 거예요."

양파 모종이 실파처럼 가느다랗게 생겼다는 걸 모르는 애들도 많지만, 2백 개를 심는다고 해서 2백 개를 모두 얻을 수 없다는 걸 모르는 애들은 더 많을지도 모른다. 그런 걸 생각하면 우리 삼남매는 꽤 운이 좋은 편이었다. 이 마당에서 심고 거두며 사는 게 얼마나 큰 축복인지, 삼남매가 다 같이 뛰어노는 게 얼마나 즐거운 일인지, 혼자인 친구들이 나를 얼마나 부러워하는지에 대해 얘기하자 기자가 이렇게 말했다.

"나중에 유나도 삼남매의 엄마가 되겠네요?"

뭐 이런 질문이 다 있나. 처음 든 생각은 그거였고, 딱히 중요한 질문도 아니었던 것 같지만, 그 질문은 내가 최근에 첫째로서 가졌던 부담과 긴장을 상기시키기에 충분했다. 나는 고개를 가로저었다.

"아니, 왜요? 동생들이 있어서 좋다면서요."

"그건 그거고요. 제가 나중에 부모가 되는 건 또 다른 문제 죠. 부모가 된다면⋯⋯"

"그렇다면?"

"전 한 명만 낳아서 잘 케어해줄 거예요."

내 말이 끝나자마자 엄마가 가장 크게 웃었다. 엄마로서는 이게 농담이었으면 싶었을 것이다. 어머, 우리 딸 말하는 것 좀 봐, 엄마가 더 케어해줄게, 뭐 이런 말들이 오갔고, 그 반응들을 보니 정말 나도 농담한 것 같은 기분이 들었다. 때로 어떤 말들은 방향성 없이 태어나는데, 사람들의 반응에 따라 뒤늦게 규정되기도 하는 것이다.

"부모님이 저기 저 꽃밭은 아이들이 관리한다던데, 유나만의 비법이 있나요? 아빠 엄마가 힌트를 주시던가요?"

기자가 가리키는 곳에 채송화가 피어 있는 게 보였다. 10월 중순이지만 채송화는 아직 피어 있었다. 여름부터 가을까지 물들이는 꽃이니 곧 저물 것이다. 이상한 건 계절보다도 시간이었다. 아침에 피었다 해가 저물기 전에 지기를 반복하는 꽃인데, 요즘에는 밤이 되어도 저물지 않았다. 불면증에 걸린 아빠처럼.

"힌트요? 음, 아빠는 가끔 꽃이랑 소주를 함께 마셔요. 소주를 꽃에게 주면 꽃이 취해서 더 잘 핀대요."

어색하게 웃는 아빠를 보면서, 오늘의 가장 큰 얼룩을 꼽아본다면 내가 아닐까 생각했다. 취재기자가 고개를 갸우뚱했다. 꽃이 취한다는 얘기는 처음 들어본다는 거였다. "그보다는" 하고 기자가 입을 열었다.

"꽃이 피는 게 결국 생존경쟁의 결과라고는 하더라고요. 하나만 있을 때보다는 둘 이상이 있을 때 더 왕성하게 피어난대요. 치열한 전쟁의 결과가 꽃인 셈이죠."

이제 단체 사진 촬영만을 남겨두고 있었다. 막내는 사진을 찍지 않겠다고 고집을 부렸지만, 아빠가 만 원 지폐를 한 장 주자 달라졌다. 최근에 막내는 만 원으로 무얼 살 수 있는지 알아버렸고, 돈을 받은 만큼 프로답게 행동하려고 했다. 어린이집에서 자기가 만들었던 선글라스까지 썼다. 파란색 셀로판지와 분홍색 수수깡으로 만든 거였다. 우리는 카메라를 보고 나란히 섰고, 아직 식지 않은 햇살이 우리의 어깨를 적당히 데워주었다. 촬영이 끝났고, 기자들이 반사판이니 뭐니 하는 걸 치우면서 가방을 꾸리자 섭섭한 마음이 들었다. 연극이 끝나고 진짜 현실로 돌아온 것 같았다. 이제 유예기간은 끝난 것일까. 내일이 오지 않았으면. 모두가 방심하고 있던 순간, 긴장감을 높여준 건 막내였다. 막내는 취재기자를 향해 배시시 웃으면서 말했다.

"비밀을 하나 말해줄까요?"

"야! 엄마가 말하지 말랬잖아!"

둘째가 이렇게 말하고선 제 입을 틀어막았다. 기자는 비밀을 알고 싶어 혈안이 된 상태도 아니었다. 다만 발설하려는 자의 욕구가 너무 강했다. 막내가 외쳤다.

"우리 엄마가 저번에 차에서 방귀를 뿡부루붕붕! 아하하."

막내는 제 흥에 도취되어 저만치 뛰어갔다. 엄마는 또 크게 웃음으로써 안도했다. 우리 모두는 안도했다.

7

사실 막내는 그 비밀이 뭔지 목격한 적도 없었다. 엄마가
차 안에서 방귀를 뀌었다던 '저번'은 막내가 엄마 배 속에 있
었을 때였으니까. 그건 내가 막내에게 해준 이야기였고 막내
는 들어서 알았을 뿐인데, 말이란 게 그렇듯 막내의 기억 속에
서 몸을 부풀렸다. 엄마는 이렇게 보탰다.

"차 안에 있는 식구들 때문에 좀 참아볼까 했는데, 참다가
는 내 안에 있는 식구가 괴로울 것 같더라고요. 바로 요 녀석
때문에요."

막내는 코를 틀어막는 시늉을 하며 웃었고, 기자들이 돌아
갈 때는 배꼽인사를 하며 배웅했다. 잔칫날이었다. 집은 깨끗
했고 예뻤다. 오랜만에 최상의 상태였다. 며칠 더 손님들이 이

어졌다. 월요일과 화요일에 엄마의 친구들이 다녀갔고, 수요일에는 아빠네 팀원들이 모일 거라고 했다. 엄마는 추어탕을 끓였다. 매년 가을 꼭 한 번은 집에서 만드는 음식이었다. 아빠가 팀장이 된 이후로 엄마는 추어탕을 끓이면 팀원들을 초대하곤 했다.

나는 추어탕 냄비를 들고 서서 마티 할머니네 초인종을 눌렀다. 대문이 열리자 마티가 먼저 나와 우리 집 쪽으로 움직였다. 서너 걸음이나 옮겼을까? 늙은 개라 민첩하지도 않았는데, 할머니는 필요 이상으로 거칠게 마티를 붙잡았다. 체념한 듯이 할머니 품에 안기는 개를 보고도, 할머니는 혹시 마티가 우리 집 쪽으로 갈까 봐 경계했다. 오래전에는 마티가 우리 마당을 뛰어다니며 놀았던 적이 있고, 우리 역시 할머니네 마당을 뛰어다닌 적이 있었는데 여름 이후 또렷해진 변화였다. 그런 몸짓을 보고 있노라니 추어탕이고 뭐고 전달하고 싶은 마음이 싹 사라졌다. 오늘 심은 양파를 수확할 때면 늘 그랬던 것처럼 할머니에게도 나눠 드리겠지만, 할머니가 그걸 받을지도 의문이었다.

"주말에 뭘 하던데, 뭘 한 거니?"

"잡지 촬영이요. 『심플라이프』."

"요란하다, 요란해."

"시끄러우셨어요?"

"마음이 시끄러워. 너희 마당 쪽만 보면 불안해서 못 살겠다."

마티 할머니의 말대로라면, 나는 불안과 한 이불을 쓰는 셈이었다.

"이건 뭐니? 아, 추어탕인가."

그렇다고 하자 마티 할머니는 마치 배달 음식을 받듯이 당연하게 냄비를 받았다. 그러면서 제피가루를 잘 썼나 어쩌나, 라고 중얼거리며 안으로 들어갔다. 문이 닫혔다.

아빠는 저녁 무렵 루와 함께 왔다. 갑작스러운 인사이동이 있었고, 아빠의 팀에서 두 명이 다른 팀으로 이동해서 현재 아빠의 팀원은 루 한 명뿐이었다. 곧 채워질 거라고는 했지만 뭔가 어수선해 보였다. 두 사람은 마당에 있는 나무식탁에 앉아 밥을 먹었다. 나와 둘째가 부엌에서 마당까지를 오가며 음식을 날랐는데 어느 순간, 루가 이렇게 말하는 게 귀에 쏙 들려왔다.

"소장은 거의 좌천된 거라던데요."

그 말에 아빠의 표정이 얼마나 어두워졌는지, 아빠는 바로 옆에 덜컥 앉아버린 딸을 의식하지도 못했다. 표정을 한 겹도 코팅할 여력이 없어 보였다. 소장이라면 아빠에게 폐기물에 대해 약속했다던 그 사람 아닌가. 나는 '좌천'이 뭔지 얼른 검색해보고, 가슴이 덜컹 내려앉는 걸 느꼈다.

"팀장님도 아시잖아요, 소장 쪽 라인이 다 무너졌다던데. 이제 소장도 뭐, 그냥 아저씨죠. 어디서 만나도 편하겠죠, 이제."

루의 말투가 좀 웃겼는지, 어느새 루 옆에 앉은 막내가 그 말을 따라했다.

"뭐, 그냥 아저씨죠? 뭐 그냥 아저씨죠."

아빠가 술을 연거푸 두 잔 들이켰다. 아빠가 소장이 그냥 아저씨가 되어서는 안 된다고 말했는데 루는 그게 무슨 뜻인지 한번에 알아듣지 못했다. 바람이 배롱나무를 마치 탬버린처럼 흔들었다. 우수수 나뭇잎이 떨어졌다. 루가 허리를 굽혀 붉은 나뭇잎 하나를 주워 들고는, 막내에게 손을 내밀어보라고 말했다.

"선물! 자, 저기 가서 놀아."

손바닥 위의 나뭇잎을 가만히 보던 막내가 그걸 꼭 쥐고 제 형에게 달려갔다. 둘째가 조금 실망했다는 듯이 말했다.

"난 또 돈이라도 주는 줄 알았지."

막내가 그 나뭇잎을 어떻게 했는지는 기억나지 않는다. 다만 그날 저녁에 옷을 벗다가, 내 후드티셔츠의 모자 속에서 은행잎 하나를 발견했던 순간은 명확하게 기억한다. 우리 집에는 은행나무가 없었는데 어디서 온 걸까. 은행잎은 아직 덜 자란 것처럼 보였다. 막내의 귀보다도 더 작았으니까. 나는 그 은행잎을 책 사이에 꽂아두었다.

『심플라이프』 촬영일로부터 일주일쯤 지났을까. 우리를 취재했던 기자가 엄마에게 전화를 걸어서는, 우리 이야기를 이번 11월호에 넣지 못하게 되었다고 말했다. 우리 가족이 그 지면에 나가는 게 적절치 않다고 익명의 누군가가 잡지사로 건의를 해왔는데, 잡지사에서도 무리수를 두지 않기로 했다는 거였다.

그 누군가가 제보한 내용은 이랬다. 우리 마당에 몇 달 전 수상한 공사가 있었고, 그 공사는 센터의 폐기물과 관련된 걸 거라고. 틀린 말은 하나도 없었다. 내가 아는 것과 정확히 일치했으니까. 다만 우리 모두 그다음 내용까지 받아들이기는 힘들었다. 그 센터에서 이런 식으로 폐기물을 매립한 적이 처음은 아니며, 어쩌면 우리 마당은 이미 중금속 오염을 걱정해야 할 수도 있다고.

엄마는 기자에게 사실관계를 확인해보라고, 그렇지 않다고 말했다. 우리가 공사를 했던 건 사실이지만 센터의 폐기물과 관련된 게 아니라 단지 마당에 저장고 공사를 한 것뿐이다,

누가 그런 소문을 낸 것이냐, 사실이 아니다.

분명한 건 잡지사 입장에서 볼 때 우리는, 어떤 위험을 감수하면서까지 꼭 담아야 할 그런 사람들은 아니었다는 것이다.

"사실관계도 중요하지만, 때로 어떤 세계는 소문 자체로도 타격을 입거든요."

기자는 그렇게 말했다고 한다. 게다가.

"게다가?"

사진작가가 그날 열심히 찍었던 사진들 중에는 꺼림칙한 소문을 뒷받침할 만한 것도 몇 장 있었던 것이다. 찍는 사람도 찍히는 사람도 의도하지 않은 사진들, 예를 들면 슈퍼지렁이 같은 것. 기자는 그날 찍은 가족사진 중에 잘 나온 몇 장을 메일로 보내주겠다고 했다. 엄마는 메일을 열어보지 않았다. 기자는 우리의 기사를 잠시 보류해야 할 것 같다고 말했지만, 앞으로도 『심플라이프』에 우리가 들어갈 지면은 없을 거란 느낌이 들었다. 그렇게 무기한 보류된 일이 하나 더 늘었다.

지난여름 이후로 우리가 늘 마당 생각만 하고 산 건 아니었지만, 그렇다고 마당으로부터 아주 자유로웠던 건 더더욱 아니었다. 그런데도 이제 와서는 마당에 대해서 우리가 좀더 생각했어야 하는 것이 아닌가 싶을 정도로, 소문이 불어나 있었다. 마치 우리의 마당이 잡지 편집에서 제외되길 기다렸다는 듯이, 대문 밖에서 도는 그 소문에 가속이 붙었다.

엄마의 추궁에 아빠는 우리 마당 아래에 묻힌 토끼들이 실험에 활용되고 버려진 종류는 아니었다고 말했다. 그나마 다행스럽다고 해야 할까, 그러나 다음 말을 들어보니 그렇지도 않았다. 실험에 활용되기도 전에 이미 다른 방식으로 오염되었기 때문에 쓸 수가 없었던 것이다. 실험동물에게 마취 주사를 쓰지 않는 건 아주 조금의 변수도 두지 않게 하기 위함인데, 중금속 오염이라니. 그 토끼들은, 이 토끼들은, 실험용으로 부적합했다. 비소에 오염된 폐기물이었지만, 센터는 감사를 앞두고 있었다. 시기가 좋지 않았다. 폐기물이 필요 이상으로 확대 해석되어 센터를 뒤흔드는 문제가 되는 걸 원하는 사람은 없었다. 결국 내부에서 해결하자는 데 모두 합의를 했고, 그 내부에서 선택된 이가 아빠였다.

아빠는 컨테이너로 지하 저장고를 만든 이웃 이야기를 했고, 조만간 아빠도 그걸 만들 거라고 얘기한 적이 있었다. 연구원들끼리 차 한잔하면서 주고받은 얘기였다. 사실 우리는 그때 컨테이너로 지하 저장고를 만들 계획을 갖고 있지도 않았는데 말이다. 때로는 말이 앞서가고 행동이 그를 뒤따르는 경우도 있으니까. 아빠가 지하 저장고를 팔 거라는 얘기를 며칠 전에 했다는 이유로, 또 이미 실험견을 마당에 자의로 묻은 적이 있다는 이유로, 마당 아래를 관통하는 다른 시설이 없다는 이유로, 우리가 선정되었다. 처음에는 감사 기간만 넘기면 다시 회수해 갈 거라고 했다. 센터에서는 분명 그렇게 말했다. 그랬다. 우리는 그렇게 마당을 빌려준 것뿐이었다.

잔인하게도 『심플라이프』에서는 11월호가 발행되자마자 우리 집으로도 한 부를 보내주었다. 예상대로 거기에 우리 마당은 없었다. 예상치 못한 건 우리에게 또 한 번 취재 요청이 왔다는 것인데 잡지 이름이 우리를 당황하게 했다. 『과학과 우리』였는데, 거기서는 '중금속을 먹고 크는 슈퍼지렁이'에 대해 쓰고 싶다고 했다. 『과학과 우리』의 기자가 몇 번 더 전화를 했지만, 엄마는 받지 않았다.

8

　내가 서점에 간 건 그 잡지—『과학과 우리』가 실제로 있는
건지 확인하기 위해서였는데, 덜컥 한 권을 사 들고 돌아왔다.
잡지는 매대 위에 스무 권이나 놓여 있었고, 할 수만 있다면
그걸 모두 사서 없애고 싶었다. 우리 집이 취재에 기여한 바는
전혀 없었지만, 다 우리를 조준하는 얘기처럼 읽혀서 말이다.
게다가 162페이지에는 낯익은 골목 사진도 있었다. 언젠가
아빠와 루를 따라갔을 때 나타났던 그 골목이었다. 사진 아래
에 작은 활자로 이렇게 적혀 있었다.

　"유해 폐기물을 잘못 다뤄 유령 골목이 되었다. 폐기물에
의해 한 세계가 얼마나 쉽게 망가지는가. 어쩌면 이 골목이 우
리 모두의 미래일지도 모른다."

저만치 마티 할머니가 서 있었기 때문에 나는 서둘러 잡지를 가방 안에 넣었다. 내 입이 우리 집의 구멍이 되는 건 사양하고 싶으니까. 내가 유독 마티 할머니와 자주 마주치는 게 운이 안 좋아서라고 생각했는데, 그게 운이 아니라 누군가의 노력일 수도 있다는 생각이 든 건 비교적 최근에 와서다. 설마, 외로워서는 아니겠지만 마티 할머니는 내가 지나다니는 시간대에 주로 대문 앞에 앉아 있곤 했다.

"외가에는 잘 다녀왔니?"

"예?"

"그치? 외가에 간 게 아니구나!"

"잘 다녀왔는데요."

사실 최근에 외가에 간 적은 없었다. 비슷한 거라면 엄마가 이틀 전 이모네로 가 있다가 이제 집으로 오고 있다는 게 전부인데, 곧이곧대로 말했다가는 더 말이 길어질 게 뻔했다.

"저번에는 네 아버지가 둘째만 데리고 설악산에 갔다며? 이번에는 어머니랑 막내랑 너만 외가에 가고. 왜 그러는 거지?"

"글쎄요. 뭐, 학교나 회사 때문에 그랬던 것 같은데요? 그러니까 스케줄 때문에요."

딱히 심각하게 생각해본 적은 없었다. 가족 전체가 움직인

적도 있다고 말하긴 했지만, 정작 최근의 사례는 떠오르지 않았다. 여름 이후로 정말 엄마와 아빠가 동시에 이동한 적이 거의 없긴 했다.

"어머니 아버지가 자주 싸우시니?"

"아뇨."

"그런데 왜 따로 가지?"

"글쎄요. 식구 많은 집에서 하기가 좋죠. 꼭 완전체로만 다녀야 하는 건 아니니까요, 변화도 좋잖아요."

아차 싶었다. 할머니는 혼자 살잖아! 아, 마티가 있네! 할머니의 표정이 뭔가 쓸쓸해 보인다고 생각하던 찰나였다.

"내가 이사를 갈 거라고, 엄마가 말씀 안 하시든?"

나는 고개를 가로저었다.

"그래, 나는 이사를 가기로 했단다."

"어디로요?"

"어디든!"

『심플라이프』에 제보를 한 사람이 마티 할머니일까? 엄마는 마티 할머니가 까칠한 이웃이긴 하지만, 이 골목의 일을 밖으로 내보낼 사람은 아니라고 말했다. 마티 할머니는 우리가 이사 오기도 전부터 여기 살았던 터줏대감이었다. 그런데 이사를 간다고? 설마 우리 때문에?

『과학과 오늘』과 인터뷰를 진행한 것도 아닌데 여러 사람들이 동요하는 게 눈에 보였다. 아직 학교에서 누구도 내게 지렁이니 구덩이니 마당이니 하는 얘기를 하지 않는다는 게 다행스러웠지만, 혹시 내 앞에서만 말을 안 하는 게 아닐까 의심스럽기도 했다. 그런 게 알려진다면 내 사회적 지위와 체면은 추락할 것이다. 아아, 머리가 아팠다.

"새로 온 소장이 일단 현장을 직접 보겠대. 그래, 지금 바로 온대. 당신은 어디쯤이야?"

집에 갔더니 아빠가 엄마와 그런 통화를 하고 있었다. 센터에 새로 온 소장이 우리 마당을 보러 오고 있다는 거였다. 뭔가가 좀 달라지려나. 나는 일단 애들을 배롱나무 아래로 소집했다. 애들이라고 해봐야 내 밑으로 둘뿐이지만, 동생들은 장점이 있었다. 일단 작고, 날렵하고, 누구도 그 애들을 경계하지 않는다. 동생들은 아직 손에 잡히지 않는 바람 같았다. 그에 비하면 나는 그나마 형체를 갖추고 있는 모양이었다. 내가 지나가면 어른들이 하던 얘기를 급히 멈추거나, 화제를 다른 방향으로 전환하는 게 느껴졌다.

"잘 들어. 이건 중대한 고백이니까."

내 말이 끝나기가 무섭게 막내가 흥얼거리기 시작했다.

"고백점프, 고백점프~"

67

"야!"

둘째가 막내를 툭 건드리며 주의를 주었다. 고백점프라니, 그건 우리 가족이 자주 하던 게임 중 하나였다. 무념무상의 표정으로 노래하던 막내는 내 표정을 보고 흠칫 놀라 노래를 멈췄는데, 바로 딸꾹질이 따라왔다. 뒤늦게 분위기 파악을 하고는 딸꾹질을 멈춰보려 애썼지만 잘 되지 않았다. 그 과정이 막내를 더 어려 보이게 한 건 확실해서, 나는 길게 얘기하겠다는 생각을 접었다. 그래서 예정되어 있던 고백들을 싹둑 잘라내고 다짜고짜 이렇게 말했다.

"가능하면 모든 걸 녹음해. 나도 휴대폰으로 할게. 모든 게 다 증거야."

나는 둘째가 녹음 기능이 있는 펜을 선물 받은 적이 있다는 걸 상기시켜주었다. 동생들은 동시에 고개를 끄덕였다. 막내가 자기는 뭘 할까, 물어보기에 이렇게 당부했다.

"제발 딸꾹질하지 마."

복병은 소장이 몰고 온 차였다. 파란 레인지로버. 둘째는 그걸 작은 모형으로 가지고 있었지만 한 번도 실제로 본 적은 없었다. 둘째의 동공이 흔들리는 걸 느꼈는데, 마치 그 차 이외에 다른 걸 보고 듣기가 힘든 사람 같았다. 심지어는 소장에게 그걸 들킬 정도였다. 소장이 차에 태워줄까 어쩔까 했을 때 둘째가 보인 행동은 굴욕적이었다. 그 애는 어처구니없게도 차에 올라타기 위해 운동화를 벗기까지 했던 것이다. 신발에 흙이 너무 많이 묻어 있다고 느꼈던 걸까, 아니면 차의 내부가 너무 깨끗했던 걸까. 둘째는 신발을 가지런히 벗어놓고 까치발로 차에 올랐고, 막내도 덩달아 올라탔다. 그리고 잠시 후 소장이 사준 아이스크림케이크를 손에 들고 돌아왔다.

소장은 아빠와 마당 이곳저곳을 보면서 이야기를 나누기 시작했다. 우리는 마당 쪽으로 난 창문을 활짝 열고, 거기에 귀를 대고 앉아 소장과 아빠의 대화를 엿들었다. 더 이상 센터에서 이런 식으로 무분별하게 일을 처리하지 않겠다고, 소장이 말했다. 그건 자기가 부임한 지금 이 순간부터 적용되는 거라고 했다. 그러니까 그전에 벌어진 일들에 대해선, 자신이 해줄 수 있는 게 딱히 없다는 거였다. 자기였으면 애초에 그런 식으로 일을 처리하지 않았을 것이므로.

"다른 사람이 싼 똥을 치우고 싶겠나. 자네 같으면?"

"하지만 소장님 앞마당에 똥이 있다면 어쩌시겠습니까?"

"흠, 치우긴 해야지. 일단 내가 오늘 자네에게 해주고 싶은 말은 내 입사 동기에 관한 말이네. 유능했는데 아까운 인물이었어. 그래, 김,이라고 해두지."

"김이요?"

"자네 입장에서는 김이 떠오를 법해. 내가 봐도 그러니 말이야. 자네가 김의 집을 봤다는 얘기도 들었네. 『과학과 우리』인지 기사도 봤고. 그렇지만 너무 그쪽에 몰입하지 말아야 해. 김과는 다른 결말을 내야 되지 않겠나. 내가 아는 건 김이 큰 실수를 두 번 했다는 거야. 하나는 그 폐기물을 자기 집에 보관한 것."

"하지만 소장님. 그분께 다른 선택의 여지가 있었을까요?"

"이해하네. 상명하복이 항상 고질병이지. 그렇지만 두번째 실수를 한 건 김 스스로의 문제였어. 그는 센터가 여러 제안을 했지만 제 발로 박차고 나갔다고."

"왜 나가셨을까요?"

"지쳐 보였지. 그래서 지금, 내가 채 팀장에게 조언을 하려고. 이 마당 아래에 있는 걸 다시 파내는 순간, 자네는 실수를 인정하는 셈이 되지. 또 실수를 은폐하려고 했다는 오해를 받게 돼. 난 자네가 오해받길 원치 않네."

"소장님, 그게 저만의 문제라고 생각하는 건 아니시죠? 전지시대로 한 거니까요."

"상명하복이 우리 사회의 고질병이라니까."

잠시 침묵이 흘렀다. 엄마에게 전화가 걸려와서, 나는 지금까지 엿들은 말을 요약해 전달했다. 엄마는 조금만 기다리라고 했다. 긴장된 목소리였다. 마당에서는 소장과 아빠의 대화가 계속되고 있었다. 나는 소장과 아빠의 대화를 휴대폰에 녹음하고 있었는데, 그게 잘되고 있는지 걱정이 되었다. 두 사람 사이의 침묵이 너무 길었다. 소장은 가라앉지도 않은 것 같은 목을 괜히 가다듬더니 다시 김 이야기를 했다.

"김은 좋은 조건으로 해외 근무까지 제안받았지만 거절했지. 끝까지 책임지려는 태도를 보였다면 지금 나보다는 훨씬 잘나갔을 친구인데. 김은 김이고, 자네는 자네지만. 여하튼 채 팀장이 선택을 잘할 거라 믿네. 여기 폐기물은 그래도 꽤 신경 써서 처리한 모양인데, 지하 10미터라고? 원한다면 사택을 이용해도 좋고, 다만 이곳에 문제가 있다는 걸 섣불리 인정하면 자네의 일이 더 커질 테니까. 인정하는 순간 진짜 문제가 생기는 거란 말일세. 실체 없는 그 어두움이, 이름을 부르는 순간에 가시화된다고."

소장의 말은 우리 셋조차 침묵하게 만들기에 충분했다. 내가 녹음하고 있는 말들은 어쩌면 의미가 없을 수도 있었다. 소장의 말만 들어보면, 아빠가 잘못한 것 같았다. 게다가 뭘 잘못 눌렀는지 녹음된 건 아주 일부에 불과했다.

그때 '쿵' 소리가 들렸다. 이제 배롱나무에 매미 껍질 같은 건 더 없는데 말이다. 그건 두 개의 물체가 충돌하는 소리였고, 두 개의 세계가 서로를 겨누는 소리였다. 엄마가 집으로 돌아오는 소리였다. 우리 차가 소장의 레인지로버를 들이받은 채 서 있었다. 미숙한 게 있다면 엄마의 운전 실력이 아니라, 이 위협으로부터 우리 가족을 감싸주던 어떤 보호막이었다.

9

엄마가 들이받은 게 파란 레인지로버가 아니라 차라리 시간이었다면, 그래서 그 충돌로 이 흐름을 잠깐이라도 멈춰 세울 수 있었다면 어땠을까. 그러나 그 충돌의 순간에 영향을 받은 건 단지 막내의 고른 호흡뿐이었다. 막내는 딸꾹질을 시작했고 그 외에 모든 건, 조금의 쉼도 없이 흘러갔다.

엄마가 집 앞에 주차되어 있던 소장의 차를 들이받은 건 실수가 아니었다. 계획된 행동도 아니었다. 엄마 속에 있던 화산이 그 순간 분출한 것뿐이었다. 엄마가 골목 어귀에서 전화를 했을 때 내가 전달한 두 사람의 대화가 가속페달 역할을 했다. 소장은 자신의 차에 흠집이 생긴 걸 확인했지만, 동요하는 기색을 보이지는 않았다. 지갑에서 명함 한 장을 꺼내, 괜히 만

만한 나에게 그걸 내밀었을 뿐이다. 무슨 공업사 명함이었다.

"여기로 연락하면 잘 수리해줄 겁니다. 값은 신경 쓰지 마시고요."

그게 소장이 한 말이었다. 그 말을 듣고 보니, 더 손상을 입은 건 우리 차였다. 거의 자해 수준이었다.

우울한 저녁이었다. 엄마와 아빠는 싸우지 않았다. 대화를 하지도 않았다. 엄마는 저녁으로 뭘 시켜 먹으라며 카드를 꺼내 줬는데, 동생들과 무엇을 시켜 먹을 것인가에 몰입했던 그 순간만이 오늘의 엄청난 굴레에서 약간 비켜 있는 것 같았다. 피자는 빛의 속도로 배달되어왔지만 우리를 구원할 수는 없었다. 평소 같으면 경쟁하듯이 한 판을 먹었을 텐데 우리가 먹는 속도는 평소에 비해 한참 느렸다. 맛이 잘 느껴지지 않았고, 조금 과장하자면 식도에 벽돌 같은 게 차는 느낌이었다. 막내가 피자를 한 조각 앞으로 가져가는가 싶더니 곧 떨어뜨리고 엄마에게로 달려갔다.

"엄마, 울지 마!"

엄마가 운다고? 두 동생들이 덩달아 울기 시작했고, 나도 울었다.

지하 저장고 문을 열고 그 안을 손전등 불빛으로 한번 휘저었지만, 별로 걸리는 게 없었다. 우리는 이 공간을 제대로 활용하고 있지도 않았다. 다음 계절이 온다면 좀 다를까. 이제 겨울의 초입인데, 막연히 다음 봄이 올지 걱정스러웠다. 언젠가 아빠를 따라가서 만났던 골목도 떠올랐다. 그 골목에 피아노 소리가 들리고, 차에 시동을 걸거나 끄는 소리가 들리고, '택배요' 하는 소리가 들리던 때를 상상해보았다. 그 골목에도 한번쯤은 참다참다 화난 엄마의 '쿵' 소리가 들렸을까.

둘째는 소장의 차에 올라탔다는 이유로 내 눈치를 봐야 했는데, 그래도 본분을 잊지는 않은 모양이었다. 자기 전에 둘째가 내민 볼펜에는 차에 올라탔을 때부터 아이스크림 가게에 갔다가 다시 집으로 돌아올 때까지 약 20분 분량의 내용이 녹음되어 있었다. 소장이 둘째의 레인지로버에 대한 지식에 감탄하며, 몇 살이냐고 묻는 게 첫 문장이었다.

"저는 미운 네 살요."

막내는 자기가 잘 아는 질문이라는 듯, 냉큼 가로채 대답했다. 둘째도 지지 않았다.

"저는 미친 일곱 살요."

소장이 웃는 소리, 이 차를 언제 샀는지 어디를 다녔는지 자랑하는 소리, 막내가 슈퍼지렁이에 대해 자랑하는 소리, 소장이 그건 사실이 아니라고 하는 소리가 이어졌고, 곧 막내가 키득키득 웃기 시작했다. "거봐, 진짜야!" 하는 소리. 막내는 확신에 차서 이렇게 말하고 있었다.

"히어로니까 비밀이야, 맞죠?"

막내는 지난 『심플라이프』 촬영 이후로 슈퍼지렁이를 신종 히어로 정도로 받아들이고 있었다. 중금속을 먹으면 힘이 커지는 건지, 슈퍼지렁이가 채송화와 같은 편인지 아닌지, 그런 걸 궁금해했다. 히어로 얘기가 시작되었다면 터져 나올 질문이 한둘이 아니었을 것이다. 그러나 소장 앞에서 형이 신발까지 벗는 걸 보지 않았던가(둘째는 자신이 신발을 벗은 건 소장이 아니라 드림카에 대한 예의였다고 주장했다), 막내는 가장 핵심적이라고 생각되는 것만 물어보았다.

"마블인가요?"

"뭐?"

"디씨코믹스?"

"무슨 얘기를 하는 거냐."

둘째가 통역으로 나섰다.

"히어로 말이에요. 슈퍼지렁이는 어디서 만든 거냐는 거예요. 마블이에요, 아니면 디씨코믹스예요?"

"그런 얘긴 못 들어봤는데. 그런 건 없단다."

"어? 우리 집 마당에 사는데."

"잘못 본 거야."

"있다면요? 있다면 어디 거예요?"

소장은 '저기 저 아이스크림집이니?'와 같은 말을 했는데, 동생들이 떠드는 소리에 묻혀 잘 들리지도 않았다. 소장은 결국 동생들의 추궁에 이렇게 대답했다.

"있다면, 그냥 국내산이겠지."

"국내산이래, 형. 국내산이 뭐야?"

그리고 다음 순간 진짜 슈퍼지렁이가 소장의 눈앞에 나타났다. 막내가 아이스크림케이크를 받아 든 후에 소장에게 지퍼백 속의 슈퍼지렁이를 보여준 거였다. 소장이 그게 어디서 난 거냐고 묻는 소리, 둘째가 우리 집 마당에 슈퍼지렁이가 산다고 말하는 소리, 다시 소장이 그걸 자기가 보관해도 되겠냐고 묻는 소리가 들렸다. 둘째는 막내가 고개를 심하게 가로저었다고 했다. 그러자 소장이 지갑에서 누런 지폐를 한 장씩 꺼내 동생들에게 내밀었다고 했다. 몇 마디 말은 흔적을 남겼다.

"어? 돈이다!"

막내의 해맑은 목소리였다.

"그래, 돈이야. 먹고 싶은 거 사 먹고, 장난감도 사고. 자, 그건 아저씨한테 주겠니?"

"이게 뭔데요?"

"그 지퍼백 말이다."

"아니, 이건 슈퍼지렁이인데요?"

"그래, 그 슈퍼지렁이, 그거."

"10만 원에 우리 슈퍼지렁이를 넘기라고요? 왜요?"

이건 둘째의 목소리였는데, 둘째 말로는 그 순간 들킬 뻔했다고 했다. 소장이 움찔했다는 거였다. 내가 "일곱 살짜리를 누가 의심하니?" 했더니 둘째는 "미친 일곱 살이라니까"라고 응수했다. 내가 볼 땐 확실히 의심보다는 약간의 피로와 짜증이 묻어 있는 것 같은 말투로 소장이 이렇게 말했다.

"위험하니까. 내가 관리하마."

"우리 히어론데요."

"히어로가 아니야. 돌연변이다. 앞으로 그게 보이면 절대 집 밖으로 못 나가게 해. 그럼 너희가 히어로가 되는 거다. 자, 히어로를 기다리지 말고 너희가 히어로가 될 생각을 해야지."

그렇게 슈퍼지렁이 한 마리는 소장에게로 갔지만, 우리에겐 목소리가 남았다. 이걸 어떻게 써먹을 수 있을까. 그 저장고에서 밖으로 나오자, 온도 차가 느껴졌다. 여름에는 저장고 안이 밖보다 더 시원했는데, 이젠 저장고 안이 더 훈훈했다.

자기 전에 『과학과 오늘』을 한 번 더 읽었다. 즉각 휘발되기엔 너무 무거운 말들이 가득했는데 가장 걸리는 건 그 골목이 우리의 미래라는 식의 표현이었다. 아빠는 거의 새것이나 다름없는 담뱃갑을 두고 온 다음 날도, 일주일 후에도 그 골목에 다시 갔다. 담뱃갑은 같은 위치에, 담배 하나 줄어든 것 없이 그대로 있었다. 그곳이 주중이든 주말이든 인적 끊긴 골목이라는 건 관찰해보면 누구나 알 수 있었다. 센터에서 뭔가를 준비 중이라는 게 거짓말이라는 것 역시 누구나 알 수 있었다. 엄마는 인맥까지 동원해서 『심플라이프』 촬영을 했다. 비록 잡지에 실리지는 않았지만 말이다. 그 모든 노력들은 우리가 가만있지 않았다는 걸 알려주는 것이었다.

그러나 세상엔 우리보다 더 큰 거인이 있는 게 아닐까. 내가 개미를 내려다볼 때처럼 거인이 우리를 내려다보고 있다면 얼마나 우스꽝스러울까. 우리가 이리 뛰고 저리 뛰고 죽어라 달려봤자, 거인이 볼 땐 겨우 한 뼘 정도 이동에 불과할지도 모른다. 그렇게 생각하자 우리 마당이 그대로 실험실이 되어버린 느낌이었다. 거인이 우리 마당에 비소로 오염된 토끼를 넣어놓고, 우리가 어떻게 대응하는지 어떻게 변하는지 지켜보는 게 아닐까. 창밖으로 보이는 동그란 달조차 의심스러운 밤이었다. 순간 그게 섬뜩한 구멍처럼, 누군가의 눈동자처럼 보였던 것이다. 내가 실험동물의 생태에 대해 약간 알고 있다는 것도 얼른 잠에 들지 못하는 이유였다. 왜 하필 우리 마당이었는지가 가장 의문이었는데, 조금 알 것도 같았던 것이다. 순하고, 약하고, 누군가를 잘 믿는 건 실험대 위에 올리기에 수월한 조건들이었다.

이게 실험이라면 한 가지 조건이 새롭게 추가되었다는 걸 며칠 후에 알게 되었다. 아빠에게 승진 소식이 들려왔던 것이다. 부모님은 이사와 퇴사에 대해 고민했지만 승진이라니, 그건 예상 밖의 전개였다.

10

그 초록색 대문을 열고 들어왔다가 골목으로 빠져나간 사람들을 떠올려보는 건 꽤 오랜 시간 내 일과의 한 부분이었다. 주로 잠들기 전에 그랬다. 나는 마치 햇빛영화관의 영사기가 된 것처럼, 낮 동안 열심히 빛을 모았다가 밤이 되면 어둠 속에서 필름을 돌렸다. 시작은 항상 우리 집 마당에 사람들이 자루를 들고 찾아왔던 그날부터였다. 동생들이 채송화가 죽었다고 징징대던 기억, 우리를 다그치긴 했지만 어쩐지 불안해보이던 엄마, 서류에 서명을 한 사람은 자신이었음에도 불구하고 억울한 표정을 짓던 아빠. 나는 이제 열다섯 살이 되었다. 열세 살과 열네 살은 어떻게 보냈는지도 모르게 지나갔다. 요약하자면 그 시기는 '이사 시도와 실패의 기록' 정도가 될 것이다.

3년 전, 소장이 다녀간 후 우리에겐 두 가지 선택지가 있었다. 첫째는 '대놓고 이사'였고, 둘째는 '몰래 이사'였다. '대놓고 이사'는 또 '결국 퇴사'와 연결되는 거였다. 이사가 아닌 방식은 선택지에 없다고, 엄마가 말했다. 엄마는 비소가 얼마나 위험한 발암물질인지에 대해서 말했고, 아빠는 이 사태에 대해 변명할 생각은 없지만 비소는 사실 도처에 깔려 있다고 했다. 다만 기준치를 얼마나 넘었느냐의 문제일 뿐이라고 말이다. 우리는 집을 팔고 이사 가는 방식에 대해선 아예 생각하지도 못했다. 그건 소장의 말대로 잘못을 인정하는 꼴이 되는 것이니까. 아빠에게로 '넘어온' 그 잘못 말이다. 게다가 집이 팔릴지도 의문이었고 아빠가 그 제안을 거절한다면, 회사를 상대로 소송이라도 건다면 이길 가능성이 있을까도 의문이었다. 서류에 서명한 건 아빠였다.

언제부턴가 우리 주변에 의문스러운 상황이 번식한 것 같았다. 말을 빨리 배우는 막내는 말끝마다 "의문이야"를 덧붙였다. 엄마가 어린이집에서 오늘 뭘 했냐고 물으면, 어찌어찌 했다고 말하고는 "의문이야"를 붙이는 식이었다. 발음이 뭉개져서 "의뭉이야"로 들리는 경우가 종종 있었다.

결국 아빠는 센터의 제안을 받아들였다. 그 유령골목의

'김'처럼 되지 않기 위해서였다. 우리에게 이 집이 소중하니까 지키기 위해서는, 복구하기 위해서는 그 방법밖에 없다고도 말했다. 우리 마당 속 폐기물을 다시 회수해 갈 의지와 능력을 가진 사람이 적어도 한 명은 있어야 할 것 아닌가. 아빠는 그 한 명이 되기로 했다. 센터의 제안에 따라 승진도 했고, 마당의 토양 검사도 받았다. 우리 마당의 중금속 농도가 그리 높지 않다는 결과도 얻었다. 불행 중 다행이었다. 그 안도의 기운으로 우리는 좀더 이 집에 머물렀다. 좀더, 그러니까 한두 계절 정도. 다시 가을이 왔을 때 우리는 또다시 이사를 고민해야 했다.

마당에서 대수술을 벌인 후 꼭 1년을, 겨우 1년을 살고 더는 버틸 수 없다는 결론을 내린 것이다. 토양의 검사 수치는 정상 범위 안에 있었고, 우리 집에 꽂혔던『과학과 오늘』기자의 관심이라든지, 이웃의 시선도 조금씩 희석되고 있었는데, 그래도 우리를 등 떠미는 애매한 신호들이 있었다.

열세 살 가을, 나는 채송화가 여름이 다 가도록 솟아나지 않았다는 사실을 깨달았다. 그 전해에 필요 이상으로 길게 피어 있던 채송화는 마치 그 시기를 끝으로 과로사한 것 같았다. 어디에도 씨를 퍼뜨리지 못했기 때문에 그대로 끝나버린 것이다. 열네 살 봄에는 배롱나무가 꽃을 피우지 않았다. 1년에

83

두 번씩 성실하게 꽃 피우던 나무가 왜 그 봄을 건너뛰었는지
에 대해 생각하면 머리가 아팠다. 아빠는 가끔 꽃나무가 그럴
때도 있다고 말했지만, 슈퍼지렁이에 대해서도 그렇게 말하
지 않았던가.

슈퍼지렁이처럼 필요 이상으로 자라나서 우리를 두렵게
하는 것들이 여전히 있었다. 열두 살 겨울에 심어 열세 살 여
름에 거둬들인 양파는 징그러울 만큼 컸다. 막내의 머리통보
다 조금 작은 정도랄까. 2백 개의 모종을 심었던 걸 생각해보
면 수확률은 20퍼센트도 되지 않았는데, 살아남은 양파들도
우리 식탁에 오르지는 못했다.

기괴하게 자라는 것들이 있는가 하면 또 어떤 것은 평균만
큼도 자라지 않아서 우리를 초조하게 했다. 막내의 키가 어느
지점에 멈춰 있다는 걸 제일 먼저 알아챈 건 나였다. 우리가
즐겨하던 '우체부 놀이'를 하던 중이었다. 그건 문짝 하나를
사이에 두고 방 안팎에서 이런 대화를 주고받는 거였다.

"거기 사람 있나요?"

"누구시죠?"

"전 코끼리반 채민호예요."

"못 믿겠으니 증거를 대요."

잠시 후 문짝 아래로 쪽지가 들어왔다. 거기엔 이렇게 적혀

있었다.

"전 코끼리반 채민호입니다. 이 쪽지가 증거입니다."

좀더 시간을 끌 수도 있지만, 나는 이제 이런 놀이를 하기엔 너무 커버렸으므로 가장 심플한 방식을 선택해 얼른 놀이를 마무리 짓고자 했다. 그래서 "당신이 당신이라는 증거가 왔으니 문을 열겠어요" 따위의 말과 함께 방문을 열었다. 막내는 채민호가 아닌 것 같은 표정을 지으며 반전을 준비했지만, 그 놀이와 상관없이 내 눈에 들어온 건 막내의 이마 높이였다. 문짝 옆에는 기린이 그려진 키 측정용 그림이 붙어 있었는데, 순간 막내가 몇 년째 같은 지점에서 나를 본다는 사실이 또렷하게 들어왔다. 둘째가 쑥쑥 자라난 것에 비하면 너무 더딘 속도였다.

속도가 더딘 건 우리의 이사도 마찬가지였다. 처음 이사를 가기로 결정한 시점은 내가 열세 살이던 때의 가을이었는데 열다섯이 된 지금에서야 그것이 실행되었으니 말이다. 그사이에 두 차례 이사 계획이 수포로 돌아가는 바람에 이렇게 지연된 것이다. 처음 사유는 모르겠지만, 두번째 사유는 너무 황당해서 나도 또렷하게 기억하고 있다. 우리는 예정일 하루 전에 이사를 접어야 했는데, 시작은 포장이사 업체의 변심 때문이었다. 이중 계약을 해놓고 우리를 포기한 것이다. 엄마가 센터의 방해가 아니냐고 의심할 정도로, 우리가 이사를 가는 과정이 그리 녹록하진 않았다. 내가 기억하는 건 이 정도다. 좀 누락된 구석이 있을 수도 있고, 행동보다 더 앞서 나가는 말처럼 아직 일어나지 않은 일도 있을 것이다.

새로 이사 날을 잡아놓고도 아빠와 엄마의 신경은 계속 곤두서 있었다. 굳이 분류하자면 우리가 선택한 동선은 '대놓고 이사'와 '몰래 이사' 사이에 있었다. 두 집 살림을 하는 방식이었다. 우리 집은 여기 그대로 둔 채로, 짐의 절반만 다른 곳으로—센터에서 제공한 집으로 옮기는 거였다. 회사 직원들이 사는 곳이라고 했는데, 경쟁이 치열했지만 운 좋게 우리에게도 기회가 왔다. 내가 다니는 중학교가 그 집과 좀더 가까웠다는 것도 우리에겐 어떤 신호가 되었다. 엄마는 마티 할머니가 물어보면, 내 통학을 들먹이라고 했다. 가장 먼저 이사를 갈 것 같았던 마티 할머니는 아직도 그대로 남아 있었다.

새집은 5층짜리 아파트의 4층에 있었다. 마당을 벗어난 데 대한 보상치고는 좀 낡았고, 엘리베이터가 없어서 동생들의 실망이 이만저만이 아니었다. 나는 막연히 이제는 금붕어가 죽으면 변기에 버려야 할지도 모른다는 생각을 했다. "이사할 때 최악이 책"이라던 루의 말이 떠올라서, 나는 이사 전부터 책을 덜어내야 하는지 고민했는데, 둘째에겐 화분이 그런 존

재였고, 막내에겐 '꼬맹이'가 그랬다. 막내는 존재 자체로 짐이 된 기분을 느꼈는지도 몰랐다.

　사랑하는 것들이 짐처럼 취급되지 않았으면 해서 무게를 줄이고 부피를 줄였지만, 막상 낯선 집에 도착하니 우리가 짐짝이 된 듯했다. 오도카니 앉아 있던 동생들은 텅 빈 싱크대 안에 몸을 욱여넣으면서 적응을 시작했다. 그릇과 냄비와 수저들을 풀어놓기 전에 먼저, 그 집의 새 살림이 된 것처럼.

11

책을 덜어내지 않아도 된다고 아빠가 말했지만, 나는 새집에 와서도 여전히 책장 앞에 멍하니 서 있곤 했다. 언젠가 내가 후드티셔츠를 벗다 발견했던, 동생의 귀보다 작았던 그 은행잎이 집을 옮긴 마당에 퍼뜩 떠올라서였다. 책장과 책장 사이에 끼워두었던 기억이 나는데, 그 책이 뭐였지? 갑각류처럼 단단한 책들 위주로 머리 가르마를 넘기듯이 펼쳐보았지만, 어디에도 은행잎 같은 건 없었다. 내가 발견한 건 압사한 벌레의 흔적뿐이었다. 먼지다듬이라고도 하고, 좀벌레라고도 하고, 보통은 책벌레로 통하는 아주 작은 녀석. 어쩌면 애초에 은행잎이 아니었을지도 모른다. 3년은 무언가를 둔갑시키거나 누락하기에 충분한 시간 아닌가. 열두 살부터 열다섯 살 사이라면 더더욱.

은행잎은 내가 몇 차례 책을 줄여보려고 애쓸 때, 그 틈에 사라졌을 수도 있다. 지금의 책장 안에는 이미 그것이 없을지 모른다는 생각을 하면서도, 나는 계속 책을 펼쳐보았다. 책을 펼치는 행동이 문을 여는 것과 비슷하게 느껴지는 건 단지 네모난 모양 때문일까 생각하면서. 책을 열고 닫을 때마다 우리의 초록색 대문을 떠올리면서. 내가 가졌던 첫 마당의 기억, 그 첫 마당이 결국 마지막 마당이 될 것 같은 예감도 함께.

이사를 하고 일주일이 지나자 막내가 언제 집으로 돌아가느냐고 물었다. 여행은 이제 충분히 했다는 듯이. 아파트 단지 내의 놀이터에는 다양한 놀이기구가 있었지만, 막내는 별 흥미를 느끼지 못했다. 막내가 원하는 놀이기구는 이미 누군가가 신나게 놀고 있는, 바로 그것인데 이곳에는 뛰노는 아이들이 적었다. 키즈카페와 학원이 많은 동네다 보니 정작 놀이터는 자주 비어 있었다. 어쩌다 놀이터에서 아이들 무리를 봤을 때 막내는 다급하게 뛰어가 몇 살이냐고 들이댈 지경이었는데, 형의 어깨 너머로 익힌 나이 갑질이 먹히지도 않았다. 막내는 여섯 살 아이 앞에서 자신이 일곱 살이라고 으스댔지만, 여섯 살 아이는 꿈쩍도 하지 않았다. 좀 어이없다는 듯이 자기 친구들에게 이렇게 말했을 뿐이다.

"야, 쟤가 일곱 살이래."

그 어투와 표정이 '믿어져?'라고 의문을 내포하는 것이어서 오히려 어리둥절한 쪽은 막내였다. 엄마는 서둘러 막내가 다닐 유치원을 알아봤는데 그 과정이 막내의 히어로에 대한 기다림과 믿음을 증폭시켰다. 여전히 슈퍼지렁이를 히어로로 기억하는 막내에게 둘째의 옷 하나가 불씨를 지피기도 했다. 잡다한 그림이 그려진 티셔츠였는데, 막내가 그 옷의 어느 부분을 슈퍼지렁이라고 오인하면서 다툼이 벌어진 거였다. 엄마는 막내에겐 형의 물건을 넘보지 말라고 했고, 둘째에겐 동생에게 양보하라고 했다. 최종적으로는 둘이서 한 번만 더 그옷을 가지고 싸우면 옷을 버리겠다고 했는데, 결국 그렇게 되고야 말았다. 엄마가 가위를 들고 오자 동생들은 당황했지만, 가위가 옷을 반으로 가르기 시작하자 거의 체념한 듯 동요하지 않았다. 그건 분명 영역 싸움이었다. 내가 갖지 못하면 저쪽도 차라리 갖지 못하길 바라는. 둘째는 반쪽 옷을 버렸고, 막내는 다른 반쪽에 슈퍼지렁이 닮은꼴이 온전하게 있다는 걸 확인하고는 안도했다.

우리 집 바로 앞 동에 루가 살고 있다는 사실을 알고 둘째는 불쾌해했다. 이렇게 이사까지 하고 보니 아무래도 루가 우리 마당에 자루를 들고 왔던 그날을 떠올릴 수밖에 없었던 것이다. 둘째는 그게 불행의 시작이라고 믿었지만 내 생각은 조금 달랐다. 그보다 훨씬 전에 이미 모든 건 시작되었고, 시작을 만든 우두머리들은 뒤에, 뒤에 숨어 있었다.

저녁을 먹으러 루가 온다기에 나는 안경을 벗었다. 안경을 쓰지 않는 게 훨씬 나아 보였기 때문인데, 사실 내 시력은 그렇게 선택적으로 안경을 쓸 정도가 아니었다. 버스 정류장에서 버스 번호를 구분하지 못해 엉뚱한 버스를 탄 적이 종종 있었다. 그런데도 마치 안경이 선택 사항인 것처럼 구는 건, 버스를 잘못 타서 버리는 시간보다도 남들의 시선이 훨씬 중요해서였다. 루는 올해 서른한 살이었는데, 스물아홉 살 우리 담임보다도 더 젊어 보였다. 그게 내가 열다섯이 되었기 때문인건지, 아니면 루가 전혀 늙지 않은 건지 애매했다. 한때 저녁이 있는 삶을 얘기하던 루는 이제 밤도 없는 삶을 살고 있다고했다. 루는 우리 엄마의 초대 덕분에 오랜만에 집밥을 먹게 되었다며 좋아했다. 나는 엄마가 루에게 이런저런 질문을 하는게 좋았다. 이를테면 (원래) 집이 어디냐, 그럼 요즘에는 세끼를 다 회사에서 먹느냐와 같은 것. 덕분에 루가 서울에서 태어나 서울에서 쭉 살아왔다는 것, 4년 전 이 센터에 근무하게 된이후로 1년간은 부모님 댁에서 통근을 하다가 그 이후 사택으로 왔다는 것도 알게 되었다.

"처음에는 주말마다 올라갔는데, 점점 드문드문해지고 있어요, 간격이."

루는 그렇게 말하며 밥 한 그릇을 천천히 비웠다. 나는 엄마가 루의 밥상 같은 것 말고, 좀 다른 질문을 던졌으면 좋겠다고 생각했지만 엄마는 계속 밥상 얘기만 했다. 그렇다고 내가 갑자기 애인 있냐고 묻는 건 좀 이상하지 않은가. 사실 진짜 궁금한 건 그거였는데, 뭐, 꼭 루여서가 아니라 나는 모든 사람들이 애인이 있는지 아닌지가 궁금했다.

루는 생텍쥐페리의 『어린왕자』를 세 권이나 들고 와서 우리에게 선물했다. 책은 이삿짐으로서 최악이지만, 또 선물로 책만 한 것이 없다면서 말이다. 막내의 책은 펼치면 어린왕자가 톡 튀어나오는 형태였고, 둘째의 책은 삽화가 그려져 있는 것이었다. 막내가 어린왕자를 보며 이게 무슨 히어로냐고 묻자 루는 둘째에게 그 질문을 돌렸다.

"은호가 히어로 전문가라던데?"

둘째는 뾰로통한 표정으로 앉아 아무런 대꾸도 하지 않았다. 그러나 루의 질문은 계속 이어졌고 10분 후, 내가 목격한 건 서랍 한 줄을 여는 둘째의 모습이었다. 둘째는 피규어를 하나씩 꺼내며 루에게 설명했다.

"여기선 캡틴 아메리카가 제일 별로예요."

"왜? 잘생겼는데."

둘째는 루를 좀 한심하게 쳐다보더니, 곧 이렇게 말했다.

"설정이 좀…… 히어로가 해동된 거라니, 좀 웃기지 않으세요?"

"해동?"

"냉동인간이었다가 깨어났거든요. 아, 정말 모르시네?"

둘째가 코로 흘러내리는 안경을 위로 올렸다. 둘째는 내 안경을 부러워해서 텔레비전을 코앞에서 보거나 어두울 때 책을 보는 등의 노력을 해왔고 마침내 뜻을 이뤘다. 동그란 안경을 쓴 둘째가 전문가처럼 말했다.

"그런데 뭐, 원래 히어로들은 고난이 있어야 되니깐."

"왜 고난이 필요한데?"

"그냥, 그래야 다시 일어서니까요."

둘째는 그렇게 말하다가 조금 멋쩍다는 듯이 입을 다물었다. 그러고는 자기를 가르치려 하지 말라고 말했다. 그건 어느 시점이 되면 알아서 작동하는 후렴구 같은 거였다.

"난 지금 너한테 배우는 중인데?"

루는 빙긋 웃어 보였다. 둘째는 "낚였어"라고 말했다. 아주 조그마한 목소리의 혼잣말이었다.

내 몫은 손바닥만 한 크기의 낡은 책이었다. 해적판이라고 했다. 나는 해적판이란 말을 처음 들어봤기 때문에 그게 해적이 등장하는 소설인가 했는데, 해적판이란 건 정식 루트가 아니라 어둠의 경로로 출판된 책들을 가리키는 말이었다. 그러니까 저작권이니 뭐니 다 무시한 책. 때로는 속도를 무시하기도 했다. 아빠는 예전에 만화책의 해적판을 찾아 헌책방 거리를 헤맸던 얘기를 하기 시작했다. 아직 국내에 들어오지 않은 걸 미리 보고 싶어서 안달이 나 있을 때, 연재물의 더딘 속도에 좀더 앞서가고 싶을 때, 적절한 속도로 해적판이 나타났다는 것이다.

그런가 하면 이야기가 아주 다른 해적판도 있었다. 페이지가 몇 개 빠지거나, 문장 몇 줄이 바뀌는 경우도 있었고 인물이나 결말이 달라지는 경우도 있었다. 루는 이 해적판 『어린왕자』를 중학교 때 읽는 바람에, 나중에 정식 판본으로 『어린왕자』를 읽었을 때 오히려 시시했다고 말했다.

"왜요? 이야기가 달라요?"

"결말이 살짝."

『어린왕자』의 결말이 뭐더라? 당연히 읽었다고 생각했는데 읽지 않은 책 중의 하나가 『어린왕자』였다. 물론 나는 코끼리를 삼킨 보아구렁이도 알고 있었고, 여우와 장미에 대해서도 알고 있었지만 정작 제대로 그 책을 읽어본 적이 없었던 것이다.

루가 돌아간 뒤에 나는 그 책을 자세히 들여다보았다. 낡은 책이기도 했지만, 연식과는 상관없이 애초에 인쇄 상태가 좋지 않은 것 같았다. 눈을 감고 아무 페이지나 펼쳐보았는데, 활자마다 굵기도 조금씩 달라 보였다. "우리는 꽃은 기록하지 않지"라는 문장에 눈길이 간 건 '꽃은'이란 활자의 받침 부분이 유독 굵게 인쇄되어서였다. 내게는 그게 ㅊ과 ㄴ의 배열이 아니라, n개의 다리를 끌고 기어가다가 포박당한 벌레처럼 보였다. 순식간에 책 한 권을 벌레 도감으로 만들어버릴 만큼, 선명하게 압사한 벌레.

12

열다섯 살 5월, 마당을 벗어나길 기다렸다는 듯이 생리가
시작되었다. 엄마는 아빠에게 전화를 걸어 꽃을 좀 사오라고
했다. 아빠는 야근이 일상이었는데 그날은 일찍 왔다. 딸기가
박힌 케이크와 분홍색 장미꽃을 한 아름 들고서. 동생들이 무
슨 날이냐고 묻자, 엄마는 누나가 어른에 가까워진 날이라고
대답했다. 둘째는 자기가 열다섯 살이 될 때까지의 시간을 헤
아린 다음, 미리 케이크를 골랐다. 초콜릿케이크가 좋겠다는
거였다.

중학교에 들어오자 내 주변 애들이 대부분 생리를 시작했
기 때문에, 내심 내가 너무 늦는 게 아닌지 초조하게 느끼고
있었다. 2학년이 되자 생리를 시작했지만 불편하다는 이유로

날짜를 미루는 약을 먹는 애도 생겨났다. 엄마는 고등학교 때 첫 생리를 했다며 걱정하지 말라고 했지만, 나는 괜히 마당 아래 토끼들 때문이 아닐까 생각했다. 이제 더 이상 토끼를 그런 이유로 의심할 필요는 없어졌다. 좁은 아파트로 이사를 오자 내 몸이 비로소 규격화된 모양이었다.

친구들 사이에서 도태되는 것도 두려웠지만 앞으로 나아가는 것도 두렵긴 마찬가지였다. 스무 살까지의 시간을 최대한 단축하고 싶어 하는 애들도 있었지만, 나는 이미 포만감 비슷한 걸 느꼈다. 어차피 인간의 나이란 한 자리, 두 자리, 그리고 드물지만 세 자리 숫자, 그 세 종류 중 하나일 테고, 벌써 내 나이는 두 자리로 진입한 지 오래였다. 어른이 되어 하는 일이란 게 기껏 다른 사람 집에 잿빛 자루를 묻거나 받는 것이 아닌가 생각하면, 전조 증상만으로 충분히 얼룩져 본편은 시작할 지면도 없는 듯한 기분이었다. 내가 느끼는 감정이 일종의 권태라고 생각하자 스스로가 좀 싫어질 지경이었다. 이런 말을 하면(할 기회도 거의 없었지만) 사람들은 내가 아직 열다섯 살임을 상기시켜주었다. 단골 분식집 주인은 이렇게 말하기도 했는데.

"얼마나 좋을 때야. 1년에 1억씩 주고 사고 싶다, 아줌마가."

아줌마만 괜찮으시다면 한 10년까지도 팔고 싶은 게 내 마음이었지만, 판매자와 구매자가 모두 원해도 불가능한 거래라는 게 아쉬웠다.

루가 준 책은 하룻밤 만에 다 읽었다. 해적판이 해적판인 걸 알기 위해서는 정식 판본과 비교를 해야 했는데, 정식 판본을 아직 읽지 않았으므로 뭐가 어떻게 다른지 알 수 없었다. 좋았던 건, 내가 루와 꼭 같은 동선으로(해적판 → 정식판) 이 이야기를 접한다는 거였다. 책에서 밑줄 친 흔적을 발견하는 건 덤이었다. 그건 새하얀 눈밭에서 발견한 누군가의 발자국 같았다. 그게 루의 흔적인지 루 이전의 흔적인지는 모르겠지만, 그 밑줄로 누군가를 상상하고 추측하는 건 충분히 즐거운 일이었다.

그 흔적들을 통해 나는 한 가지 사실을 알았다. 루가 『어린 왕자』에 등장하는 인물 중에서 '가로등 켜는 사람'에게 몰입했다는 것. 루는 그 사람의 삽화를 여백에 따라 그리기까지 했던 것이다. 그 사람은 1분 단위로 가로등을 켜고 끄기를 반복하는데, 그게 명령이기 때문에 어쩔 수 없다고 말한다. 어린왕자는 명령에 충실한 그를 좋아하면서도 안타까워한다. 생각해보면 익숙한 인물이었다. 루도 그렇고, 아빠도, 김도 모두 이 가로등 켜는 사람을 닮지 않았나? 막내에게 이런 일을 시키면 왜 1분에 한 번씩 등을 껐다 켜야 하는지 납득이 될 때까지 물어봤을 것이다. 나라면? 아마 주변을 둘러봤겠지. 나와 꼭 같이 가로등을 껐다 켜는 사람이 여럿 보인다면 나도 따라 하지 않았을까. 적어도, 셋 이상 보인다면.

문득 루가 왜 해적판을 내게 줬을까, 그 배경이 궁금해졌는데 나중에 그 이유가 꽤 단순하다는 것을 알고 조금 실망했다. 루는 내가 정식 판본의 『어린왕자』를 이미 읽었을 거라고 생각했던 것이다. 그래서 조금 다른 버전의 책을 찾은 거였다고 했다.

"그리고 이젠 안 나오는 책이니까. 구하기도 힘든 거."

그나마 그 이유가 조금 위안이 되었다. 나는 둘째의 『어린왕자』까지 가지고 와서 읽기 시작했다. 루가 느낀 감정을 그대로 따라가기 위해서. 친구들과 떡볶이를 사 먹는 것도, 수다를 떠는 것도 나쁘지 않았지만 역시 내가 가장 좋아하는 건 혼자 책을 읽는 시간이었다. 책이 어떤 구획을 만들어주는 것 같아서였는데, 볕이 좋다고 벤치에 앉아 책을 펼쳐 들면 꼭 방해하는 사람이 있었다. 뒤뒤였다. 뒤뒤와는 동네에서, 토요일 오후에 자주 마주쳤다.

"책은 그만 보고, 좀 걸을래?"

건장한 뒤뒤가 내 앞에 서자, 책에 그늘이 졌다. 뒤뒤는 1반이고 나는 5반인데도 우리가 자주 마주친 건 같은 버스 정류장을 이용하기 때문이었다. 엄마는 누가 물으면 내 중학교 통학 문제로 이사를 간다고 했지만, 그 핑계가 무색하게 나는 버스를 타야 했다. 그리고 나쁜 시력에 정보 부족까지 겹쳐서 이사 초기엔 엉뚱한 버스에 잘못 올라타는 일이 종종 있었다. 뒤뒤를 처음 만난 것도 그 잘못된 버스 안에서였다.

15번 버스였는데 그건 우리 학교 앞으로 가지 않았다. 그 오류를 얼른 알아채지 못한 건 버스 안에 있던 같은 교복 때문이었다. 같은 학교 남자애가 있으니 방심했던 것이다. 그 교복이 뒤뒤였다. 뒤뒤는 내 뒤의 뒤에 앉아 있었다고 했고, 그래서 내겐 뒤뒤가 되었다. 우리는 결국 종점에서 몇 정거장 전에야 겨우 사태를 파악하고 버스에서 내렸는데, 누가 먼저 내린 건지는 몰라도 동시에 같은 지점에 떨어졌다. 풍력발전단지 초입에 해당하는 곳이었다. 저만치 세 기의 풍력발전기가 나란히 서 있는 게 보였다.

길을 건너 다시 반대 방향으로 가는 버스에 올라탔고, 한 번을 더 갈아타야 했다. 그 긴 과정 동안 나는 같은 교복 남자애와 말을 나누진 않았는데, 동선이 같으니 의식하지 않을 수도 없었다. 우리가 돌고 돌아 교문 앞에 도착했을 때는 이미 지각 체크가 시작된 뒤였다. 나는 머리 길이까지 문제가 됐다.

우리 학교엔 선사시대 이래로 쭉 내려오고 있다는—'귀밑 10센티미터' 규정이 있었는데, 내 머리 길이가 허락된 범위를 초과해버린 거였다. 그날의 교문 앞 담당은 하필, 우리 담임이었다. 담임은 그즈음 곧 두발 검사가 있을 테니 알아서들 정리하라고 얘기해왔기 때문에 나를 보고 꿀밤 주는 시늉을 했다.

"쌤. 제 머리가 긴 게 아니라 귀가 긴 거예요."

내 입으로 말해놓고도 좀 황당하다는 생각이 들었지만, 이왕 이렇게 된 거 어쩌겠는가.

"남들보다 유독 귀가 긴데 어떡하라고요."

담임은 손에 들고 있던 30센티미터 자로 내 귀 길이를 재기 시작했다. 표본으로 두 명의 학생이 더 동원되었는데 그중 한 명이 뒤뒤였다. 내 귀 길이는 4.8센티미터였고, 다른 한 여자아이의 귀는 4.7센티미터였고, 뒤뒤의 귀는 5.5센티미터였다. 뒤뒤가 나보다 0.7센티미터 더 길었다. 담임은 나보다 귀가 짧은 여자애는 신경 쓰지도 않고, 나보다 귀가 길면서도 두발 규정을 지킨 뒤뒤를 들먹였다.

"쟤는 남자잖아요."

"너나 쟤나 중딩일 뿐이다!"

그러고서 담임은 다시 한 번 우리 귀를 들여다보더니, 귀 모양이 아주 닮았다면서 이렇게 말했다.

"이쪽 귀가 저쪽 귀의 축소판 같다."

그 말에 나는 처음으로 누군가의 귀에 초점을 맞춰 보았다. 뒤뒤도 나를 쳐다보았다. 뒤뒤와는 그렇게 알게 됐다. 나중에야 뒤뒤는 그날 15번 버스가 엉뚱한 노선이라는 걸 알면서도 올라탔다고 말했다. 혹시나 하면서도 나는 좀체 모르겠다는 표정으로 물었다.

"왜?"

"궁금해서."

"궁금하다고? 뭐가?"

뒤뒤는 괜히 뜸을 들이더니, 이렇게 대답했다.

"15번 버스 노선이."

나는 피식 웃었다. 뒤뒤도 피식 웃었다. 그날 이후로 우리는 버스 정류장은 물론이고, 학교 도서관이나, 복도에서 자주 마주쳤다. 그리고 뒤뒤는 지금도 불쑥, 내 앞에 나타나 산책을 권유하는 것이다. 토요일 오후 4시였다. 나는 책을 덮고 뒤뒤를 보았다.

"지금 걷자고?"

"그래, 책 말고 산책!"

그렇게 말하고서 뒤뒤는 고개를 갸웃했다.

"혹시 책이 산책의 줄임말 아닐까?"

나는 웃었는데, 걷다 보니 두 단어가, '책'과 '산책'이 꽤 닮았다는 생각이 들기 시작했다. 우리는 언젠가 잘못 갔던 그 지점—풍력발전기가 가로수처럼 늘어서 있던 길을 향해 걸어갔다. 벌써 세번째 다시 가는 길이었는데, 이 산책로가 꽤 마음에 들었다.

　나는 지난밤에 꾼 꿈에 대해 얘기했다. 요약하자면 '아침에 내가 눈을 뜬 곳이 익숙한 집이 아니었다'는 줄거리였다. 내부는 그 초록색 대문 집이 분명한데, 밖으로 나가보면 앞에 엉뚱한 골목이 펼쳐져 있었던 것이다. 밤새 어떤 대륙이동 급의 힘에 의해 집이 밀려온 것 같았다. 옛집에 관한 꿈을 꿀 때마다 뒤뒤에게 얘기했더니, 뒤뒤는 "너 마당에 환장한 사람 같다"고 했다. 정말 그랬는지도 모른다. 저만치 보이는 풍력발전기들이 얼핏 나무처럼 보였다. 아파트 화단에도, 학교 교정에도, 거리에도 나무는 많았지만 '나만의' 나무는 없었다. 배롱나무를 떠나온 이후로 내가 발견한, 가장 나무 같은 존재는 저기 저 풍력발전기였다.

13

"그럼 왜 집을 버린 건데?"

내가 한참 집에 대한 이야기를 하자, 뒤뒤가 그렇게 물었
다. 나는 깜짝 놀라서 우리는 집을 버린 게 아니라고 말해주었
다. 그렇지만 차마 내 통학 문제 때문에 이사를 했다고 말할
수는 없었다. 뒤뒤는 내 등굣길 친구 아닌가. 우리는 학교까지
24번이나 42번 버스를 타고 갔는데 버스로 움직이는 시간만
15분은 족히 걸렸다. 옛집에서는 버스로 20분 정도가 걸렸으
니 겨우 5분 단축을 위해 이사했다는 건 부실한 핑계였다. 나
는 뒤뒤에게 그 마당엔 공사가 필요해서 이사를 온 거라고 말
했는데, 폐기물을 곧 수거할 거라던 사람들이 그 폐기물보다
먼저 증발한 얘기는 하지 않았다. 생각해보면 마당 아래에 동

물 사체가 몇 자루씩 묻혀 있는 건 징그러운 얘기였다.

뒤뒤가 내 얘기를 듣더니 자신의 왼쪽 귀를 가리키며, 열 살 때 그 귀에서 있었던 일에 대해 말했다. 한동안 귀에서 달그락거리는 소리가 나서 한 발로 쿵쿵 뛰어도 보고, 면봉으로 후벼도 보고, 귓구멍 쪽으로 손전등 불빛을 쏘아보기도 했지만 별 소용이 없었다고 했다. 그 이물감에 대해 거의 포기했을 즈음, 잊게 되었을 즈음에서야 뒤뒤는 뭔가가 귓문을 열고 나오려 한다는 걸 느꼈다. 그래서 왼쪽 귀 쪽으로 몸의 무게중심을 기울였더니 정말 뭔가가 밖으로 나왔다. 귀에서 나온 건 돌 같았는데 자세히 보면 핏덩어리가 말라붙은 것도 같았다.

"피가 귓속에서 단단하게 굳은 거였어. 엄마는 내가 하도 귀를 못살게 구니까 상처가 생긴 거라고 했는데, 내가 볼 때는 아주 오래된 것 같았거든. 꼭 태어나기 전부터 있었던 것처럼? 지금도 그렇게 생각해. 그게 10년 후에야 밖으로 나온 거지."

그러니까 자신에게는 어떤 이야기를 해도 괜찮다고, 뒤뒤가 말했다. 자기 귀로는 뭐가 한번 들어가면 좀체 밖으로 나오기가 어려우니까. 내가 자꾸 말을 하려다 말고 하려다 말았던 게 답답했을 수도 있다. 뒤뒤가 입 싼 애라고 생각해서는 아니고, 단지 나는 좋지 않은 이야기를 누군가에게 하면 그 말이

상대를 오염시킬 수도 있지 않을까, 그런 게 신경 쓰였던 것이다. 뒤뒤의 귀에 대해 듣고 나니, 더 말을 하기가 망설여졌다. 내가 하는 말들이 뒤뒤의 귀 안에서 또 한참을 화석처럼, 고생대의 삼엽충이니 중생대의 암모나이트니 그런 것처럼 굳어지면 어떻게 하나.

그래도 걷다가 옆을 봤을 때 내 것과 닮은 5.5센티미터의 귀가 보인다는 건 확실히 안심되는 일이었다. 초여름의 오후가 저물어가고 있었다. 저기 보이는 건너편 바다에서는 여름을 앞당기려는 사람들이 패러세일링을 하고 있었다. 우리는 패러세일링이 시작되는 순간을 조금 지켜보았다. 낙하산이 봉긋 솟더니 주홍빛 해와 동등한 높이까지 올라갔다. 그리고 마치 바람을 낚는 것처럼 가볍게 움직였다. 반대쪽에서 또 하나의 패러세일링이 시작되는 것 같아 시선을 옮겼는데, 낙하산이 부풀어 오르지 않고 점점 쪼그라들었다. 그건 시작하는 게 아니라 이미 끝나가는 패러세일링이었다. 해가 뜨고 지는 것처럼 풍선이 부풀고 꺼지는 건 자연스러운 일이었는데, 그 흐름의 어느 부분이 나를 자극했던 걸까. 나는 뒤뒤에게 비소를 아느냐고 물어보았다. 뒤뒤가 그게 누구냐고 물어서 곧 허탈해지긴 했지만.

며칠 후, 왜 나를 모르느냐는 듯이 비소가 불쑥 나타났다.

과학 시간, 원소 주기율표 위에서였다. 교과서 속의 원소 주기율표가 꼭 아파트처럼 보여서 한 칸 한 칸 들여다보고 있는데 난데없이 이런 글자가 눈에 들어왔던 것이다.

As(비소).

이런 게 교과서에도 등장하다니. 선생님은 주기율표를 통해 성질이 비슷한 원소들을 쉽게 알 수 있다면서, 원소기호들은 노래로 외우라고 했다.

"자, 떴다떴다 비행기 알지? 거기다가 붙여 부른다. 수헬리베 붕탄질!"

"수헬리베 붕탄질!"

그렇게 시작된 노래는 다행히 비소의 차례가 오기 전에 그쳤다. 어떤 애들은 그런 게 우리 교과서에 있는지조차 모르고 지나갈지도 몰랐다. 아마 뒤뒤도. 비소는 중2 과정에서 상대적으로 덜 중요한 이름이었지만, 우습게도 내가 이 원소 주기율표에서 가장 먼저 외워버린 이름이 되고 말았다. 애쓰지 않았는데도, 삽시간에.

삽시간에 파도처럼 다가온 일은 하나 더 있었다. 잊고 있었던 건 아니지만, 나는 아빠가 정말 폐기물 수거 문제를 해결

할 거라고는 생각하지 못했던 것 같다. 그게 아빠가 이사를 가면서, 우리 가족에게 약속한 일이었는데도. 그래서 어느 일요일 아침, 아빠가 옛집에 간다고 했을 때 좀 의외라고 느꼈다. 도서관에 내려달라는 핑계로 냉큼 조수석에 올라타긴 했는데, 아빠도 내가 도서관에 갈 계획이 아닌 걸 알고 있는 것 같았다. 아빠는 마당 공사 전에 주민들의 동의가 필요해서 그걸받으러 가는 길이라고 했다. 공사라니, 그때야 뭔가 느낌이 왔다. 3년 전에 아빠를 따라갔을 때 처음 봤던 그 허허벌판이 원래 폐기물 보관소 자리였고, 그 시설이 이제야 완공되었던 것이다. 아빠의 말들이 내 바람보다 더 먼저 달려가 결승 지점에도달한 것 같아서 놀랐고, 좋았다. 그럼 우리 마당의 폐기물을이제 빼가는 거냐고 하자, 아빠는 그렇다고 했다. 다음 주 안에 폐기물 보관소가 모든 준비를 마칠 것이며, 우리 마당의 그것이 1호로 이동한다는 것이다.

"이제 다 제자리를 찾아야지."

그렇게 말하는 아빠의 옆모습을 물끄러미 바라보자, 아빠는 흰머리가 많이 보이냐고 물었다. "염색할 때가 됐는데" 하면서. 뭔가 울컥, 눈물이 날 것 같아서 아무 말도 못하고 있었더니, 아빠가 건너편의 세븐일레븐 자리를 가리켰다.

"저기가 원래 은행이었는데, 저 앞에서 엄마가 핸드백을 집어 던져서 아빠가 냉큼 주워서 따라갔던 기억이 있지. 연애할 때, 야아, 너 엄마가 얼마나 성격이 포악했는지 아니?"

"지금도 뭐."

나도 모르게 웃음이 튀어나왔다.

"너, 울다가 웃으면 어떻게 되는 건지 몰라?"

"오락가락하면서 제자리를 찾는 거지 뭐."

"유나 다 컸네. 아빠가 연애할 때 생존 전략 하나 전수해 줘? 엄마 표정이 안 좋다 싶을 때 얼른 사탕 하나를 입에 넣어 주는 거야. 그럼 엄마는 웃을 수밖에 없게 돼 있어."

"엄마가 왜 핸드백을 던진 건데?"

내가 묻자 아빠는 별거 아니라는 표정을 지으면서 말했다.

"아아. 아빠 쫓아다니던 은행원이 있었는데 저기서 셋이 딱 마주친 거지. 아빠가 그때 아주 결단력 있게 교통정리를 했잖아. 은행원한테 엄마를 딱 소개했지. 자, 이쪽이 내가 결혼할 여자요, 이렇게."

"아빠가 양다리였단 말이야?"

"양다리가 아니고, 아빠를 무작정 쫓아다녔지, 이은애가. 아주 피곤한 스타일이었어."

"이은애? 이 얘기 엄마한테도 들었던 것 같은데? 이은애가 아빠 뺨을 때렸지?"

"음, 결과적으로는 그런데. 하여간 얼마나 피곤하니. 뺨을 다 맞지 않나."

궁색한 변명이었다. 그때 뒷자리에서 살짝 키득거리는 소리가 났고, 아빠는 룸미러를 보다가 갑자기 소리를 질렀다. 하마터면 사고가 날 뻔했는데 뒷자리에서 얼굴을 내민 녀석들 때문이었다. 아빠는 근처 공터에 차를 대고 뒷문을 열었다. 아빠가 엄한 목소리로, 서열 3, 4위는 다시 집으로 돌아가야 한다고 했다. 둘째가 자기는 정리 대상이 아니라고 생각하는 게 좀 웃겼는데, 나중에야 자기도 해당된다는 걸 알고는 풀이 죽은 듯 말했다.

"아빠랑 오랜만에 소풍 가는 것 같아서 떨렸단 말이야."

아빠가 잠시 주춤하는 사이에, 막내가 주머니에서 뭔가를 꺼내 꼼지락거리더니 아빠 입에 쏙 넣어주었다. 사탕이었다. 아빠는 포기했다는 듯이 나를 쳐다보았다. 막내가 편들어달라고 신호를 보내는 걸 묵살하고 있었더니, 갑자기 불똥이 나에게 튀었다. 막내가 이렇게 말했던 것이다.

"아빠, 내가 비밀을 알려줄까? 누나가 산 넘고 물 건너서."

내가 냉큼 끼어들지 않으면 안 될 타이밍이었다.

"아빠! 엄마한테는 비밀로 할 테니까 얘네 구제해주자."

2인자의 권한으로 아이들은 동행을 허락받았다. 사실 누가 누굴 구제한 건지는 모호했다. 얼마 전에 막내는 뒤뒤와 내가 놀이터에서 한참 얘기를 나누다 헤어진 걸 목격했던 것이다. 뒤뒤가 돌아가자마자 막내가 신이 나서 달려들었다.

"저 형은 누구래? 교회 오빠야?"

"아니! 꼬맹이는 몰라도 돼."

"그럼 꼬맹이는 엄마한테 물어볼래. 물어봐도 돼?"

"교회 오빠 아니고, 교, 외, 오빠야. 됐지?"

"교, 외, 오빠. 그게 뭐야?"

"교외에서 만난 오빠. 교외가 뭐냐고? 산 넘고 물 건너."

그걸 이렇게 써먹다니. 고개를 돌려 뒤를 돌아보았는데 막내가 내게도 사탕을 하나 쏙 넣어주었다. 두 녀석은 잔뜩 들떠서는 그런데 어디로 가는 거냐고 물었다.

아빠가 거의 포기한 듯이 대답했다.

"안에 들어가서 노는 건 안 된다. 잔꽃마을 52번지로 가는 거야."

"뭐어, 라아, 구우우?"

동생들은 기분이 아주 좋을 때 말을 길게 늘여 했다. 말의 길이가 늘어나면, 소리가 늘어나면, 마치 그 시간이, 그 사실이 엿가락처럼 늘어나기라도 한다는 듯이.

14

열 살이 되기 전, 학교에서 돌아오던 길에 험한 언니 둘과
마주친 적이 있다. 야, 너 돈 좀 있니? 없는데요. 뒤져서 나오
면 맞는다. 조금밖에 없는데요. 애매한 화법으로 인해 나는
그 언니들로부터 어깨 밀침을 두어 번 당하고 돈을 몽땅 빼앗
겼는데, 그러고서 이 골목에 들어설 때까지 뒤를 돌아볼 생각
같은 건 하지도 못했다. 그러다 마티 할머니와 마주쳤을 때,
할머니는 나를 자기 집에 데려가 앉히고는 짜장면을 시켜주
었다. 짜장면을 먹고 판피린도 먹고 쌍화탕도 먹었다. 그러고
도 내가 온몸을 심하게 떨자 할머니는 엄청 큰 약상자를 들고
와서는 정확히 어디가 어떻게 아픈 거냐고 물었다. 나는 그런
얘기는 하지도 않고, 궁금했던 걸 물었다. 할머니가 중국집

그릇은 꼭 파란색 비닐봉지에 담아서 내놓는다고 했는데, 파란색 비닐봉지가 집에 없는 날은 어떻게 해야 하는지 말이다. 파란색 비닐봉지가 그리 흔한 것도 아니고. 할머니는 뭐 그런 걸 묻느냐는 듯한 표정으로 나를 보고는, 배달 올 때 중국집에서 아예 파란색 봉투를 같이 준다고 했다. 너 정말 많이 아픈 게 아니냐, 하면서.

마티 할머니의 대문 앞에는 그날처럼 중국집 배달 그릇이 놓여 있었고, 여전히 파란색 비닐봉지였다. 가장 먼저 이사를 갈 것 같았던 마티 할머니가 아직도 남아 있다니. 하긴, 할머니는 내가 태어나기도 전부터 이곳에 있었다. 20년 넘게 한집에서.

이 골목에 이삿짐 차량이 드나든 게 우리 마당 때문만은 아니었다. 마당은 소문만 있었고 실체가 없었다. 토양 검사 결과도 정상이었으므로, 표면적으로는 문제될 것이 많지 않았다. 골목에 변화가 생긴 건 이 일대가 개발될 거라는 얘기가 돌아서였다. 누군가는 이사를 가고, 누군가는 이사를 오고, 그 와중에 빈집도 더러 생긴 모양이었다. 아빠가 할머니와 얘기를 나누는 동안, 나와 동생들은 골목을 괜히 갈지자로 누비며 다른 집 창문을 구경했다. 창틀을 미술관에 걸린 액자라고 생각하면 무척 흥미로워졌다. 내부가 보이지 않는 경우도 있었지만, 커튼의 실루엣이 보이는 경우도 있었고, 화분이나 지압 돌기 달린 훌라후프가 놓인 경우도 있었다.

그 과정에서 사람이 떠나면 집도 늙는다는 것을 알았다. 사람도 죽으면 뼈만 남듯이, 집도 죽으면 골조만 남았다. 어떤 집들이 특히 그랬다. 창문 유리는 금이 가거나 깨졌고, 그 안으로 보이는 벽지는 너풀거렸고, 가구는 연골처럼 빠져나가 집 안이 텅 비었지만, 기둥만은 그대로였다. 막내가 이러다가 나중에는 우리 집도 못 찾겠다, 하고는 동화 속에서처럼 과자 부스러기를 흘려서 표시해야 될 거라고 했다. 둘째가 고개를 절레절레 저었다.

"마티가 다 먹어버릴걸? 야, 길 못 찾을 걱정은 하지 마. 두 개의 방법이 있어. 하나는 마티 할머니네를 찾는 거지. 그 할머니 있잖아요, 깐깐한 할머니, 하면 다 알걸? 둘째는 누나 뒤를 졸졸 쫓아다니는 거야."

둘째는 조금 우쭐해 있는 내게 말했다.

"누나 머리카락을 보면 길이 보이거든. 엄마가 맨날 그러잖아, 유나야, 걸어간 길이 그대로 보이네, 머리카락 좀 줍고 다녀라, 아무 데나 흘리지 말고. 크크크. 마티가 설마 머리카락을 먹겠어?"

괘씸한 녀석들. 내 시선은 저만치 보이는 우리 집 창문으로

향했다. 엄마, 아빠의 방이었는데, 내부는 잘 보이지 않았다. 동의서를 받은 후, 아빠는 우리 집 대문에 꽂힌 우편물들을 챙겼다. 그리고 대문을 열었다. 문이 열렸다. 거기까지가 중요한 거였다. 내부에 들어가지 않기로 했지만, 문이 열렸는데 마티가 잠자코 있던가. 우린 마티처럼, 문이 열리자마자 안으로 뛰어 들어갔다. 나는 몇 달 만에 잔디가 이상한 색깔로 변했을지도 모른다는 의심을 계속하고 있었는데, 꿈에서 잔디가 "나 충혈됐다!"고 소리쳤던 적이 있어서였다. 다행히 현실의 잔디는 내가 늘 알아왔던 그런 모습이었다. 배롱나무도 마지막 봤을 때 모습 그대로 멈춰 있었다.

이사 후 가장 많은 변화를 겪은 건 둘째였다. 나야 이전이나 지금이나 같은 중학교를 다니고 있었고, 막내는 유치원에 새로 들어간 게 전부였지만, 둘째는 3학년이 되자마자 전학을 가야 했다. 더 이상 무작정 초인종을 누르고 "은호 있어요?"라고 묻던 애들과 만나기가 쉽지 않았다. 은호가 있을 때는 물론이고, 그렇지 않을 때도 우리 집에 들어와서 마냥 기다리던, 대책 없이 느긋하던 그 애들. 엄마는 전학을 가서도 친구를 사귈 수 있다고 했지만, 둘째는 학기 초에 "너희 집엔 마당이 몇 개야?" 같은 질문을 해서 이미지를 구긴 것 같았다. 왕따까지는 아니지만 약간 위험한 상황이라고 둘째가 얘기했다.

둘째가 그런 질문을 한 건, 우리 마당이 세 개로 나뉘어 있었기 때문이다. 물론 어른들이 볼 때는 하나의 마당이었지만 그 안에도 구획이 있었고, 그건 소유가 아니라 책임의 문제였다. 둘째가 자기 구역의 식물들을 얼마나 애지중지 보살폈던가(사실은 다른 구역도). 둘째는 계란탕 식은 걸 한 숟가락 떠서, 호호 불고는 꽃과 흙이 맞닿은 경계에 놓아주곤 했다. 아빠의 소주처럼 검증이 된 건 아니었지만 꽃이 마음을 받아먹은 건지, 둘째의 식물들은 특히 잘 자랐다. 폭우가 내리던 날엔 우산을 들고 어린 식물들 위에 웅크려 있었고, 작은 삽으로 흙 위를 가볍게 통통 다독여주곤 했다. 부모님이 둘째의 엉덩이를 토닥일 때처럼.

엄마는 둘째가 요즘 학원을 빼먹고 웬 떠돌이 같은 형들과 어울린다고 걱정했는데, 이 순간 둘째가 얼마나 화사하게 웃는지를 본다면 벌써 해답은 나온 것이다. 그런 표정이 된 건 둘째만이 아니었다. 나 역시 이제야 진짜 집에 돌아왔다는 기분이 들었다. 몇 달간의 공백을 지우개로 싹 지우듯이.

아빠는 이제 돌아갈 시간이라며 우리를 골목으로 내몰고, 다시 대문을 닫았다. 막내는 담벼락이 자석이라도 된 듯 거기에 쩍 달라붙었다. 어디서 난 건지 사인펜을 들고는 뭔가를 적지 못해 안달했다. 아빠는 막내를 내버려두었는데, 어차피 주중에 곧 담을 허물 예정이었기 때문이다. 이게 웬일인가, 해서 동생들은 본격적으로 그림을 그렸다. 나까지도 담벼락에 붙어서 뭔가를 적었다. 쓰고 보니 "안에 사람 있어요"였는데, 내 글씨는 작아서 잘 보이지도 않았다. 담을 허물지 않아도 크게 미관을 해칠 정도는 아니었다. 문장 끝에는 책에서 본 그 모자 그림―코끼리를 삼킨 보아구렁이 그림을 그렸다. 둘째는 스케일이 달랐다. 우리 삼남매와 채송화와, 마티까지도, 거의 이 골목의 모든 걸 그렸다. 막내는 형 옆에 붙어서 뭔가를 그렸는데, 나중에 보니 슈퍼지렁이여서 아빠한테 혼이 났다.

둘째는 아빠가 차 문을 열자 다급한 듯, 지금 피자를 시켜 먹으면 안 되느냐고 했다. 막내도 합세해 이중창을 시작했다. 나까지 배가 고프네 어쩌네 하자, 아빠는 그쯤에서 우리의 수작을 눈치챈 것 같았다.

"피자는 시킬 수 있지. 그런데 대문 안에 다시 들어가서 먹겠다거나 그런 생각은 포기하렴."

"그럼 어떻게 먹어? 길에서 먹어?"

막내의 말에 아빠는 문제될 거 없다는 듯이 차를 가리켰다.

"피자가 오면 가지고 갈 수는 있겠지. 바로 받아서 지금 우리 집으로 가서 먹으면 되지. 그렇지만 잘 판단해야 된다. 피자가 식는 건 큰 문제라고 생각하는데. 그리고 지금 집으로도 피자가 배달된다는 사실은 큰 반전인 것 같은데. 자, 선택해."

우리는 다소 이상해 보일지라도 지금 이 잔꽃마을 52번지로 피자를 시키는 방식을 선택했다. 30분 후에 피자가 왔다. 이제부터 차를 타고 다시 아파트로 가는 동안 피자는 서서히 식어가겠지만, 우리가 확인하고 싶은 건 피자의 온도가 아니었다. 우리는 집으로 피자를 시키면 배달이 온다는 사실에, 이 주소가 유효하다는 사실에 행복감을 느꼈던 것이다.

지하의 일만 떠올리지 않으면 아름다운 날이었다. 지하의 일을 떠올린다 해도 두렵진 않았다. 곧 모든 건 제자리로 돌아갈 테니까. 다시 아파트로 돌아오는 길에 도로 양옆으로 늘어선 플라타너스들이 사람의 잘린 목처럼 보였는데 나는 이런 생각을 그냥 방치했다. 뒤뒤 말대로 이럴 땐 그저, 눈을 감으면 되니까. 그러나 그건 착각이었다. 눈을 떠도 플라타너스 구간을 다 통과하지 못했던 것이다. 그리고 며칠 후, 아빠가 말한 기한이 지났지만, 1호 폐기물은 이동하지 못했다.

상황이 이상하게 돌아갔다. 오케이했던 소장이 갑자기 그 일정에 제동을 걸고 나섰다. 소장은 이 일과 관련된 회사의 기록엔 비소라는 말이 어디에도 없다는 사실을 들먹였다. 몇 장의 서류를 통해 우리 집으로 온 게 실험용 토끼 8백 마리라는 것만이 증명되었고, 바로 그게 문제였다. 센터 측 입장은, 토끼는 3년이 넘는 시간 동안 이미 충분히 다 썩어버렸다는 거였다. 센터에서 회수하기로 한 건 토끼들이었는데, 토끼들이 자연적으로 분해되었으니 뭘 회수하겠냐는 거였다. 그러니까 이 일은 이미 유통기한을 지나버린, 더 이상 얘기할 가치가 없는, 그런 일이었다.

비소 오염을 들먹일 생각은 아빠도 없었다. 토양 검사 결과도 그랬고, 아빠도 책임을 피해가긴 어려웠으니까. 애초부터 토끼보다도 비소가 문제였던 건데, 서류에 없다는 이유로 비소를 그렇게 쉽게 모른 척해버리다니. 아빠는 흙이라도 옮기겠다고 했고, 토양 검사를 다시 하고 싶다고도 했다. 지하 10미터에 묻어놓고 표면의 흙을 검사하면 중금속 수치가 낮게 나오는 건 당연하다고도 했다. 그 폐기물이 우리 마당에 남긴 흔적은 누구보다 우리가 똑똑히 보았다. 아빠는 센터를 고발하려고 했고, 그 과정에서 결국 회사를 그만두게 되었다. 거대한 파도에 휩쓸리듯이. 아빠는 김과 다른 선택을 했으나 결과적으로는 같아졌다.

센터 측에서 올해 말까지로 사택 사용 기한을 통보했다는 얘기를 들은 날, 나는 새벽까지 잠을 이루지 못했는데 다른 식구들도 마찬가지였다. 둘째는 소파 위에서 열심히 게임을 하고 있었다. 얼마 전에 둘째가 나를 가리키며 "약도 없는 중2라니까, 복수하는 나이지"라고 말했던 게 퍼뜩 떠올라서, 둘째 옆에 앉아 그런 말은 어디서 들었냐고 물었다.

"왜, 복수하게?"

내가 복수를? 둘째가 다 안다는 듯이 말했다.

"내 히어로 빨리 내놓으시지. 볼펜 말이야. 볼펜!"

아! 그게 네 히어로가 되어 서랍 안 컬렉션에 포함되어 있었구나. 나는 그걸 몰라본 게 미안했다. 그게 없어진 걸 둘째가 알고 있을 거라고는 생각도 못 했던 것이다. 그럼 둘째는 내가 『과학과 우리』 기자에게 메일을 보낸 것까지 알고 있을까? 둘째는 다시 방으로 들어가는 나를 향해 "아, 그리고!"라고 했다.

"『어린왕자』도 다 읽었으면 주시지요. 누나 것은 따로 있잖아, 엄연히 그건 내 책이지 않아?"

15

　우리가 사는 5층 아파트 한 동은 모두 세 개의 출구를 가지고 있었고, 하나의 문을 한 층에 두 집씩, 모두 열 집이 공유했다. 얼마 전 우리 셋은 그림까지 그려가며 같은 문을 쓰는 열집에 대해 정리해보려고 했는데, 확실한 건 바로 우리 옆집에 젊은 남자가 산다는 것뿐이었다. 우리는 몇 개월째, 그 외의 누구와도 제대로 인사를 한 적이 없었다. 그들 중 누군가의 휴대폰 진동음을 내 것으로 착각한 적이 있고, 그들 중 누군가가 싸우거나 웃는 소리를 엿들은 적이 있긴 하지만, 소음 외에 딱히 공유한 건 없었다. 몇 층에 누가 살고 어떤 가족 구성을 갖고 있는지를 짐작해서 흰 종이 위에 그려넣었을 뿐이다. 아랫집에는 나와 다른 중학교에 다니는 여자애가 있고, 1층에는 막내와 같은 유치원에 다니는 아이가 있고, 우리 윗집에는 임산부가 산다는 식이었다.

그러다 지난밤, 건물 전체에서 화재경보기가 요란하게, 꽤 오래 울렸고 결국 모두 마주칠 수밖에 없는 상황이 왔다. 우리가 놀라 현관문을 열었을 때 동시에 옆집 남자도 문을 열었고, 마치 이쪽 문이 열리면 저쪽 문도 열릴 수밖에 없는 구조처럼 순식간에 위층과 아래층에서도 사람들이 문을 열고 나왔다. 계단 난간 아래를 내려다봤을 때, 저 아래로 까만 머리통들이 통통통통 움직여 내려가는 게 보였다. 우리도 따라 내려갔다.

화재경보기의 오작동이었던 것으로 밝혀졌지만, 그 순간에도 둘째는 사람들의 얼굴 스캐닝을 소홀히 하지 않았다. 둘째는 다시 방에 들어가자마자 그 아파트 이웃 정보를 수정해댔다. 임산부가 위층이 아니라 아래층이었고, 중학생은 한 층 더 아래에 사는 식으로. 그 화재경보기 소동이 작은 위안이 된 건 생각보다 이웃들이 서로에 대해 잘 모른다는 걸 확인할 수 있어서였다. 여긴 옛 골목이 아닌 것이다. 천장과 벽과 바닥을 공유하고 살지만, 센터라는 공통분모를 갖고 있지만 오히려 익명이 보장되는 곳이었다. 아빠는 더 큰 거짓말에 합류할 수 없어 결국 센터를 그만두었는데, 그걸 아는 사람은 이 동에 없거나 알아도 관심 사항이 아닌 것 같았다. 그건 단지 우리 가

족만의 문제였다. 그게 어떤 면에서는 편했고, 어떤 면에서는
외로웠다.

"애들이 접어준 카네이션 말이야, 왜 빨간색인가 했더니
어떨 땐 책상 위에서 신호등 노릇을 하더라고. 그 꽃이 아빠
힘내세요, 하고 눈앞에서 방긋거리는데 어쩌겠어. 신호등이
지. 빨간불이야. 자, 거기서 그만두고 싶다는 생각일랑 멈춰
라, 더는 건너가지 마라, 그랬는데."

오랜만에 만취한 아빠는 같은 말을 계속 반복했고, 엄마 입
에 사탕을 넣어줄 만한 여력도 없어 보였다. 카네이션으로 시
작된 아빠의 얘기는 50만 원을 탕감받기 위해 선택해야 하는
길이 결국 100만 원을 빚지는 길이었다는 얘기로 끝났다. 우
리 셋은 엄마가 뭐라고 말하는지에 집중했는데, 그건 요즘을
어떻게 받아들여야 할지 종잡을 수 없어서였다. 오래전에 이
미 엄마 배 속을 떠나왔는데도 여전히 엄마의 입장이 우리에
게 어떤 기준이 되고 있음을 부인할 수는 없었다. 엄마는 화내
거나 울지 않았다. 초조한 기색을 보이지도 않았다. 엄마는 담
담한 목소리로 말했다. 어떤 일들은 그런 꽃으로도 버틸 수 없
을 만큼 크다고, 당신이 최선을 다한 걸 알고 있다고.

내가 일주일 전,『과학과 우리』기자에게 메일을 보낸 건
아무도 모르고 있었다. 답이 오지 않아서 나조차도 내 메일이

제대로 간 것인지, 그 사실을 의심하게 될 지경이었다. 수신 확인조차 한 건지 안 한 건지 알 수 없었다. 3년 전 그 기사 말미에 나와 있던 메일 주소로 무작정 메일을 보낸 건데, 너무 무모했거나 예의가 없었나 싶어 이미 보낸 메일만 읽고 또 읽었다.

며칠 후 나는 『과학과 우리』로 전화를 걸었는데 그 이름을 가진 기자는 지금 그 잡지사에 없다는 얘기를 들었다. 물어물어 겨우 그 기자와 연락이 닿았을 때는 내가 지나온 몇 단계의 경로 때문에 이제 모든 일이 다 해결될 거라는 착각을 하게 될 정도였다. 금요일 오후, 학교 수업이 끝난 후에 기자와 던킨도너츠에서 만났다. 소장의 목소리부터 슈퍼지렁이를 찍은 사진까지 준비해서 말이다. 기자는 내 얘기를 듣는 동안 꽤 심각한 표정이 되었지만, 다 듣고 나서는 기대와 너무 다른 반응을 보였다. 일단 자신이 쓴 기사를 기억해내는데 너무 오랜 시간을 들여야 했고(겨우 3년 전인데) 기억해낸 다음에는 이렇게 말했다.

"일어나지 않은 사건이 된 거나 마찬가지라고 해야 할까요."

기자의 말에 나는 좀 당황해서 그게 무슨 뜻이냐고 물었다.

"요약하자면 그 기사로 인해 잡지사가 소송에 휘말렸고,

결국 정정 기사도 내게 됐죠. 그 사건, 그것 때문에 보낸 시간은 모두에게 악몽이었어요. 정정 기사는 못 봤나 봐요?"

3년 전 그 슈퍼지렁이 기사를 썼던 기자만 만나면 모든 게 해결될 거라 생각했기 때문에 마치 누가 반대로 돌려놓은 이정표에 속은 기분마저 들었다. 나는 소장이 그 중금속 사건과 슈퍼지렁이를 알고 있다는 걸 증명할 만한 녹음 파일을 건넸지만, 기자는 고개를 가로저었다. 이미 종결된 사건이라는 거였다. 유나의 부모님께서 잘하시지 않을까요, 기자는 그렇게 말했다.

"이건 우리 부모님만의 문제가 아닌 것 같아서요."

"알아요, 가족 모두의 문제죠."

"아니요, 그게 아니라. 우리의 미래일지도 모른다고, 기사에 쓰셨잖아요. 기자님이. 그 우리가 누구였는데요? 이게 저희 가족만의 문제가 아닌 거 아니에요?"

나는 왜 이제는 이 사건에 대해 쓰실 수 없는 건데요, 하고 따지고 말았다. 이게 큰일이 아니면 뭐가 큰일인데요, 하고 말이다. 기자가 커피를 후루룩 들이켜고는 말했다.

"모든 일이 다 뉴스가 되진 않아요. 뉴스도 경쟁을 하고 있고요, 조금 더 넓게 보면 알겠지만, 억울하지 않은 사람이 없죠. 차라리, SNS 해요? 그걸 활용하는 것도 방법이에요."

기자는 SNS가 얼마나 큰 파급력을 갖고 있는지에 대해 이야기했다. 그건 나도 다 아는 얘기였다. 나는 이 말을 할까 말까 계속 고민하다가 결국 뱉어버렸다.

"SNS 중요하다는 건 알겠는데요, 그런데 기자님을 이렇게 만나서 얘기하는데, 그럼 이 만남은 아무 소용이 없는 거예요?"

기자는 자신이 지금 몸담고 있는 지면은 전혀 다른 거라고 말했다.

"지금은 어떤 걸 쓰시는데요?"

나는 기자가 내게 내민 명함(격월간 교육,으로 시작하는)을 들여다보면서도 굳이 그렇게 물었다. 기자는 학교 폭력부터 과잉 체벌, 교우 관계, 입시 제도에 대한 기사들을 주로 쓰고 있으며, 혹시 그런 쪽으로 얘기할 것이 있다면 언제든 연락하라고 말했다.

"이것도 교육 문제랑 연관이 없지는 않잖아요. 토양 오염 문제인데요."

"……유나 학생 마음은 내가 잘 알아요. 그렇지만 이런 일은 타이밍이 생명인데. 좀 기다려봐요, 내가 관심 가질 만한 사람들을 찾아볼 테니까. 연락할게요."

그게 그나마 기자가 내게 해준 가장 긍정적인 말이었다. 그러나 또 한편으로는 관심 가질 만한 사람들이란 표현에 내 의지랄까, 그런 게 반 토막 난 것 같았다. 기자는 다시 연락하겠다고 했지만, 오늘의 만남을 위해 내가 세 번이나 다른 경로로 연락했던 걸 생각하면, 또 오늘 기자가 보인 반응을 고려하면, 과연 연락이 올까?

기자가 떠난 다음에도 나는 한동안 그 소음 속에 앉아 있었다. 언젠가 활자로 읽었던 실험 과정이 자꾸 떠올랐다. 토끼의 몸통은 원통 안에 있고, 머리만 밖으로 내민 형태. 토끼의 눈꺼풀이 풀로 고정된 상태다. 눈을 깜박일 수 없는, 토끼의 안구 위에 화장품 원료를 바른다. 샴푸를 주입하기도 하고 눈에 마스카라를 여러 번 덧칠하기도 한다. 일부러 상처를 낸 후 그 위에 화장품을 발라보기도 한다. 토끼는 머리를 움직일 수도, 눈을 감을 수도 없다. 그 안에서 토끼는 목이 부러지거나, 미쳐서 죽기도 한다. 실험이 끝난 후에도 살아 있다면 안락사를. 안락사는 그나마 절차를 밟은 경우고, 더 간단한 방법도 있다. 예전에는 동물실험을 상상하면 당연히 장갑 낀 손 쪽에 아빠를 대입시켰다. 혹은 나를. 그런데 언제부턴가 이런 생각이 드는 것이다. 혹시 우리가 토끼 쪽인가, 하는.

휴대폰을 집어 들고 뒤뒤에게 메시지를 보냈다. 생각해보니 먼저 메시지를 보내는 게 처음인 것 같아 몇 번이나 말을 썼다 지웠다. 지금 바빠? 우리 산책할래? 풍력발전소 쪽 가고 싶은데. 지금 물때가 어떻게 되지? 이거 보면 연락 좀 줄래? 너 뭐해? 나 기분이 별로야. 너 내가 빌려준 책 왜 빨리 안 줘? 다 읽긴 읽은 거야? 지금 급하니 빨리 책 줄래? 혹시 배고프니…… 혹시 배고프니,라니. 그건 내 스스로에게 경각심을 주기에 충분한 말이었다. 어떻게 첫 메시지를 저런 걸로. 결국 나는 이렇게 보냈다.

— 나 던킨에 있는데.

얘가 마치 내 고민의 과정을 이미 지켜본 게 아닌가 싶은 속도로, 금방 뒤뒤의 답이 왔다.

— 인연이 닿으면 만나겠지.

그래놓고 뒤뒤는 10분이 지나기 전에 나타나서 "우린 인연이 확실해"라고 말했다.

16

뒤뒤, 그리고 풍력발전기.

둘의 공통점은 바람을 받으면 더 빨리 돌아간다는 것이다. 내 생각이 아니고 뒤뒤의 표현이었다. 뒤뒤는 바람을 타서 여기까지 오는 시간을 단축했다고 말했다. 숨을 몰아쉬는 뒤뒤한테서 땀냄새가 조금 났는데 음, 나쁘진 않았다. 뒤뒤가 달려온 그 속도가 좋았다. 점심은 먹은 거냐고 묻는 것도.

금요일의 단축 수업이 끝나자마자 헐레벌떡 달려와 기자를 만났고 기자가 시켜준 레모네이드를 먹은 게 전부였다. 속이 텅 비어 있었다.

우리는 즉석떡볶이를 사 먹고, 맥도날드 아이스크림까지 하나씩 입에 물고서 풍력발전단지 쪽으로 걸었다. 저만치 모두 세 기의 풍력발전기가 적당한 간격을 두고 서 있는 게 보였다. 풍력발전기는 늘 일정한 속도로 돌지 않아서 좋았다. 멈춰 있으면 멈춰 있는 대로 좋고, 돌아가면 돌아가는 대로 좋았다. 가장 좋은 건 오늘처럼, 갯벌 위로 풍력발전기의 그림자가 빙글빙글 돌아갈 때였다. 이건 적당한 햇빛과 바람, 모두가 있어야 가능한 풍경이었다. 나는 가만히 서서 뒤뒤와 나의 그림자, 그리고 우리 위로 거대한 풍력발전기의 그림자가 천천히 돌아가는 걸 보았다. 그걸 보고 있으면 마음이 편안해졌다. 마치 아주 큰 시계의 초침이 리드미컬하게 돌아가는 것 같았는데, 그 리듬을 만들어내는 것이 저 빛과 바람이라는 걸 생각하면 기분이 좋아졌다.

입구에서 '낚시 행위 및 쓰레기 무단 투기 금지'라는 푯말을 봤는데, 전에는 눈에 들어오지 않았던 것이 오늘은 또렷하게 보였다. 그 위에는 "준설토 투기장"이라고 적혀 있었는데, 검색해보니 공사나 다른 이유로 '원래 자리에서 이동한 흙을 버리는 곳'이라고 했다. 원래 자리에서 이동한 흙이라니, 그 풀이를 보자마자 우리 마당의 흙을 다 퍼서 여기다 버리면 안 될까 하는 생각이 들었다. 저 옆에서 통통한 갈매기 한 마리와 눈이 마주치기 전까지는 정말 그러고 싶었다. 갈매기는 보란 듯이 나를 보고 있었다. 그 옆으로, 또 그 옆으로, 적당한 간격으로 갈매기들이 앉아 있었다.

저기까지 가볼까, 하고 뒤뒤가 가리키는 곳은 등대 전망대였다. 등대는 작은 무인도 위에 있었는데, 세번째 풍력발전기에서도 얼마쯤 더 바다 쪽으로 들어가야 했다. 섬으로 가는 길은 하루에 두 번씩만 열렸고, 오늘은 오후 5시까지 유효했다. 우리는 등대 전망대로 올라가는 왼쪽과 오른쪽 길을 두고 어디로 갈까 고민했는데, 한쪽은 아주 경사가 가파르지만 빠르고, 다른 한쪽은 경사가 완만하지만 느린 코스였기 때문이다. 꽤 고민하다가 빠른 쪽을 선택했는데, 내려올 때는 자연스럽게 왔던 길을 피하게 되기 때문에 결과적으로 별 의미 없는 고민이었다. 단지 순서의 문제였을 뿐.

등대 1층에서는 어린이들이 직접 만든 예술품, 발명품 전시가 한창이었는데, 뒤뒤가 그 틈에서 안내문 한 장을 챙겨 주었다. 막내에게 전해 주라면서. 어린이 그림대회 안내문이었다.

"저번에 그 동생 진짜 귀엽더라. 몇 살이야?"

"일곱 살."

막내는 햇살 잘 들던 마당을 떠나니, 오히려 키가 조금씩 자라기 시작했다. 비유가 좀 이상하긴 해도, 마치 음지에서 자라는 콩나물처럼 말이다. '쑥쑥'까지는 아니더라도. 확실히 자라고 있었다.

"걔, 발랑 까졌어. 요즘엔 뽀뽀할 때 혀도 내민다니까? 코
밑에 수염도 났어."

"뽀뽀할 때 혀를 내밀어?"

"그게 더 충격적이니? 난 수염을 더 받아들이기 힘들었는
데."

둘 다 약간 반올림해서 말한 거였는데, 뒤뒤는 일곱 살 아
이의 수염 같은 것엔 관심이 없는 것 같았다. 그보다 다른 단
어에 꽂힌 뒤뒤가 부담스러워서 그의 등을 2층으로 밀어 올렸
다. 3층에 올라가면 동전을 넣을 필요가 없는 망원경들이 있
었지만, 우리는 2층의 햇살이 잘 드는 의자에 앉아 광합성을
했다.

이곳은 늘 사람이 없었다. 나는 통유리가 적당히 걸러주는
햇살을 받으며 나른해하다가, 뒤뒤가 준 안내문을 펼쳐보았
다. 『어린왕자』를 주제로 한 그림대회라는 설명이 나와 있어
서 우연치고는 참 신기하다고 생각했다. 게다가 우리가 앉아
있는 벽 뒤로는 세계 각국의 식물들이 그려져 있었는데, 그중
에 '바오밥나무'도 있었다. 바오밥나무는 마다가스카르에 가
면 많이 볼 수 있고, 마다가스카르까지는 방금 우리가 걸어온
거리의 8,659배를 더 가야 한다는 설명도 나와 있었다. 곳곳

에서 등장하는 익숙한 이미지에 뒤뒤도 놀랐다. 얼마 전에 내가 둘째의 『어린왕자』를 뒤뒤에게 빌려줬고 그건 뒤뒤가 먼저 요청했기 때문이었다. 뒤뒤는 내가 늘 코를 파묻고 있는 그것이 뭔지 궁금하다고 했다. 그렇지만 의욕에 비해 속도가 느렸다. 뒤뒤는 내가 아무 독촉도 하지 않았는데, 먼저, 열몇 장이 남았다고 고백했다.

"네가 1권을 다 읽어야 2권을 줄 텐데 말이야."

"2권도 있어?"

"정확히 말하면 2권은 아닌데, 다른 그림 찾기 같은 거야. 비교해서 읽어보라고. 그런데 어느 세월에?"

"오늘 마무리하려고 딱 펼쳐 들었는데 너한테 호출이 온 거야. 어쩌겠어! 그런데 아는 만큼 보인다고, 정말 저 아래 물길 꼭 뱀 같지 않아?"

물이 드나드는 길, 물이 빠져서 속내가 다 드러난 길, 구불구불한 그 흔적이 내가 보기엔 슈퍼지렁이 같았다. 우리는 섬이 고립되기 전에 자리에서 일어섰다. 이번엔 완만한 길을 선택해서 내려왔다. 아까는 하나가 멈춰 있더니, 그새 풍력발전기 세 기가 모두 돌아가고 있었다. 속을 다 드러낸 바닥을 보며 나는 가볍게 툭, 우리 마당 이야기를 털어놓았다. 시간이 오래 걸릴 거라 생각했는데 막상 이야기를 하고 보니 그리 많은 시간이 소요된 것 같지도 않았다. 다만 기분은 훨씬 가벼워졌다. 몸무게가 좀 줄어들지 않았을까, 싶을 정도로.

"너 피구할 때랑 비슷한 기분이겠네?"

뒤뒤가 말했다.

"내가 피구 얘기를 했었어?"

"아니, 내가 봤지. 저번에 너희 반 피구하던데 너 혼자 살아남아 있었잖아. 처음엔 채유나가 에이스란 말이야? 놀라서 내 눈을 의심했다니까. 그런데 어이없게 공 한 번에 끝나더라고. 아니, 공을 받아야지, 그냥 서서 맞으면 어떡해?"

자주 있는 상황이었다. 피구란 경기가 그렇지 않은가. 누구 뒤에 숨어서 잘 피하다 보면 결국엔 살아남게 되는 거고, 난 피하는 건 자신 있었다. 다만 그러다 보니 우리 팀에서 혼자만 살아남아버렸고, 경기를 끝내려면 이젠 내가 공을 던져야만 하는 상황이 오고 만 것이다. 애들은 "채유나 파이팅" 같은 걸 외쳐대는데, 그렇게 모든 책임이 내게 남는 건 질색이었다. 나는 에이스가 아니었으므로, 상대방이 공을 내게 던졌을 때 어이없게 몸에 맞고 경기를 종료하게 되는 것이다.

"그런데 피구는 왜? 그래서 자꾸 진다는 거야? 의지박약이라?"

"아니, 혼자 있는 거라고 생각하지 말라고. 그런 너를 보는 나도 있잖아?"

뒤뒤가 자신의 휴대폰을 보여줬는데, 그 안에 피구 에이스로 오해받았던 내가 있었다. 얼굴이 얼뜨기 같은 건 그렇다 치고, 몸이 3등신쯤 되어 보였다. 나는 덥석 그 휴대폰을 잡아챘는데 손안에 잡힌 건 뒤뒤의 웃음소리뿐이었다. 뒤뒤는 나를 피해 뛰어갔고, 나는 뒤뒤의 휴대폰에서 내 사진을 지우기 위해 달려갔고, 마침내 뒤뒤의 휴대폰을 잡아챘다고 생각한 순간 뒤뒤가 용수철이라도 깔고 있었던 것처럼 튕겨 나갔다.

"엇, 미안!"

뒤뒤가 어쩌다가 내 허벅지를 잡아버린 거였는데, 그 애는 일부러 그런 게 아니었다고 열심히 설명했다. 이미 다 알아들었는데, 수습한다고 하는 말이,

"너무 얇아서 팔뚝인 줄 알았다고!"

그 말이 욕인지 칭찬인지, 내 다리가 얇지 않다는 건 나도 아는데! 내가 가볍게 뒤뒤를 밀쳤는데, 뒤뒤는 무게중심을 잃더니 산책로 아래로 훌러덩 넘어져버렸다. 길보다 높이가 20센티미터쯤 낮은, 갯벌로 말이다. 갈매기 몇 마리가 놀라서 혹은 피곤해서 날아올랐다. 진흙을 뒤집어쓴 뒤뒤를 보니 쿡 웃음이 났다. 오늘 처음 웃어보는 것 같았는데, 마치 나일론점퍼를 손으로 빨 때 피식피식 거품이 솟아나는 것 같은 느낌이

었다.

뒤뒤는 방금 생각이 난 건데, 하면서 스키점프 얘기를 꺼냈다. 지난 올림픽 내내 스키점프 경기를 봤는데, 1위 후보로 꼽히던 선수가 역풍을 맞아 예상만큼 잘 날아가지 못했다는 거였다. 그런가 하면 첫 올림픽 출전에서 순풍을 만나 더 멀리 날아간 선수도 있었다고 했다. 뒤뒤는 그걸 보며 타이밍의 힘을 믿게 됐다고 했다.

"있잖아, 처음에는 이러고 있는 거야. 몸을 최대한 웅크려야 공기저항을 줄일 수가 있거든? 그러다가 몸을 쫙 펼치고 날아올라야 하는데, 여기서 타이밍이 중요해. 너무 빨라도 안 되고, 너무 늦어도 안 되고. 정확한 타이밍에 딱 날아야지 되거든."

"타이밍 얘길 또 듣네."

"왜냐하면, 바람의 방향 같은 건 인간이 조정할 수가 없으니까, 그걸 지배해야 하거든. 바람에 잘 올라타야 돼. 그러니 타이밍이 중요하지."

뒤뒤는 뒷바람이 어쩌고 맞바람이 어쩌고 얘기를 하더니, 이렇게 결론을 냈다. 너희 집에 닥친 일은 아주 거대한 바람 같은 거지만, 타이밍을 잘 맞추면 그 위로 올라탈 수도 있을 거라고. 그래서 그 타이밍이 언제인 거냐고 내가 물었는데, 그 말은 방금 우리 머리 위를 지나간 두두두두, 소리에 가려 전달되지 않았다. 모터를 단 패러글라이딩이었다. 꽁무니에 매달린 모터가 꼭 선풍기처럼 보였다. 글라이더는 새처럼 높이 올라가기도 했고, 추락하는 것처럼 갯벌 가까이 내려오기도 하면서 곡예 중이었다. 우리의 시선이 그 모터 소리를 따라 움직였다.

"오늘 분위기로 봐서는 저 사람, 생텍쥐페리쯤 되려나."

뒤뒤의 그 말을 들은 건지 어쩐 건지 글라이더는 훌쩍 위로 올라가버렸다. 우리 목소리가 닿지 않는 곳으로, 절대 불시착 따위는 없다는 듯.

17

뒤뒤 휴대폰의 3등신 사진을 지우는 대가로 나는 새 사진을 찍었다. 풍력발전기를 배경으로 뒤뒤와 같이. 찰칵 소리가 나는 순간, 혹은 그보다 몇 초 빨리, 풍력발전기에 불이 들어왔다. 하나, 둘, 셋, 모두 다홍빛으로 물든 풍경이 꼭 촛불을 켠 것 같았다.

뒤뒤는 나를 집에 바래다주면 시간이 맞을 거라고 했다. 오늘 나한테 오느라 학원을 빠졌던 것이다. 뒤뒤가 다니는 학원은 엄한 걸로 소문이 나서 한 번만 학원을 빠져도 바로 부모님께 연락이 간다. 그런데 거길 땡땡이쳤다고? 뒤뒤는 걱정할 게 없다고 했는데, 뒤뒤의 엄마가 학원의 번호 몇 개를 고의적으로 수신거부하고 있어서였다. 물론 그 고의성은 뒤뒤가 만

들어낸 것이었다. 뒤뒤는 엄마의 휴대폰에 학원 관련된 번호를 스팸 번호로 등록시켜두었던 것이다.

"혹시 너희 엄마도 CSI로 태교하신 거 아니야? 우리 엄만 그랬다던데."

내 말에 뒤뒤는 고개를 갸우뚱하더니 이렇게 대답했다.

"섹스앤더시티? 그거 좋아하셔."

뒤뒤는 흙투성이인 채로, 내 집 앞까지 함께 왔다. 혹시 식구들과(특히 막내) 마주친다면 피곤해질 거라고 생각했는데, 정작 집 앞에서 마주친 건 루였다. 오랜만이었다. 시력 때문에 나는 한발 늦었다. 루가 나를 먼저 알아보고 인사를 할 때까지도 몰랐다. 루가 살짝 웃어 보인 것도 같았는데, 가로등 조명 때문에 그렇게 보인 건지 진짜 웃었던 건지 애매했다. 다만 안경을 쓰지 않고도 볼 수 있었던 건 지나치게 차분해진 공기였다. 뭔가가 한풀 꺾인 것처럼 느껴졌다. 안녕하세요,라는 말은 습관적으로 튀어나왔지만, 말하고 보니 진짜 안녕하신 건지 묻고 싶었다. 아빠의 업무를 루가 이어서 맡게 되었다는 얘기를 들었던 것 같다.

확실히 좀 지쳐 보이던 루를 지나친 다음, 뒤뒤가 이렇게 말했다.

"이번 생이고 저번 생이고 아무 인연도 없는 사람처럼 생겼어."

"너 드라마 끊어야겠다. 모든 사람이 너랑 꼭 인연이어야
해?"

뒤뒤는 어처구니없다는 표정을 지으며 대꾸했다.

"나 말고 너 말이야."

뒤뒤가 돌아가는 걸 보며 그 애가 오늘 무사하길 빌었는
데, 생각해보니 내 코가 석 자였다. 기말고사 성적이 나왔는
데 내 성적은 중간고사 때보다 좀 추락해 있었다. 뒤뒤가 나
보다 공부를 더 잘한다는 게 내가 보기엔 꽤 반전이었는데, 아
까 그렇게 말했을 때 뒤뒤는 "너가 그렇게 생각했다는 게 더
반전"이라고 받아쳤다. 어쨌거나 여러 상황으로 보아, 엄마에
게 기자를 만난 얘기 같은 건 하지 않는 게 좋겠다는 생각이
들었다.

나와 동생들은 더 이상 이 5층짜리 아파트, 같은 출입구를
공유하는 다른 아홉 집에 대해서 그림을 그려보거나 하지 않
았다. 어차피 이곳은 우리에게 시한부일 뿐이므로. 그래도 우
리와 같은 문을 공유하는 그 사람들에게 유해한 뉴스가 가는
걸 방치하고 있을 수는 없었다. 그게 내가 1층, 계단이 시작되
는 지점에 있던 무료 신문 더미를 내 가방 안에 통째로 집어넣
은 이유였다. 무심코 집어 들었던 그 신문에서 익숙한 얼굴—

140

소장의 인터뷰를 보게 되었는데, 그는 이렇게 말하고 있었다. "아이들은 우리의 미래입니다. 지역의 꿈나무들을 위해 저희 센터에서는 유치원 및 체육 시설과……" 이런 건 아무도 읽으면 안 된다.

가방의 무게가 늘어나자 동선이 바뀌었다. 계단을 오르는 대신 밖으로 다시 나갔다가 아까 그 자리에 루가 그대로 있는 걸 봤다. 내가 다가가자 루가 얼른 담뱃불을 껐다. 예전에는 담배도 안 피웠던 것 같은데, 아빠의 담배까지 이어받은 건가.

"저번에 저 책 주신 거 말인데요."

"어린왕자?"

"뒤쪽에 몇 장이 없는 것 같던데요? 뜯어진 자국이 있어요."

"아아. 뒤에 몇 장이 빠져 있지? 삽화랑 글 몇 줄인데. 이사할 때 뜯어버렸어."

정확히는 두 장이었다. 네 쪽. 그걸 왜 이사할 때 뜯어버렸을까? 루가 대수롭지 않다는 듯이 말했다.

"무겁잖아. 이사할 때."

종이 두 장이 무겁다고?

루는 그게 자신만의 습관이라고 했다. 원하는 줄거리를 만드는 방식으로 페이지 한 장 두 장을 빼기도 하고, 심지어 소제목 하나 정도를 덜어낸 적도 있다고 했다. 참 별스럽기도 하네, 싶었지만 한편으로는 그렇게 해보고 싶다는 생각이 들기도 했다.

"두 장엔 어떤 내용이 들어 있었는데요?"

"어린왕자가 좀 다른 방법으로 자살하지."

아, 하고는 그가 다시 정정했다.

"어린왕자가 좀 다른 방법으로, 자신의 별로 돌아가지."

그러나 그게 구체적으로 어떤 것인지 루는 얘기해주지 않았다. 그는 단지 이렇게 말했을 뿐이었다.

"없는 페이지는, 사실 없어도 무방해."

그때 루의 휴대폰이 울렸다. 그 통화가 끝나길 기다리는 것도 이상한 것 같아서, 나는 입 모양으로만 인사를 했다. 안녕히 가세요, 하고.

둘째는 내가 들어오자마자 기다렸다는 듯 휴대폰을 들이밀었다. 둘째는 뒤늦게 포켓몬고 게임에 푹 빠져 있었는데, 게임 화면 안에 '세븐일레븐' 표시가 있었다.

"여기, 거기잖아. 아빠가 엄마 핸드백 주워서 따라간 곳. 내가 지금 그 앞을 걷고 있는 중이거든. 지난주에는 신주쿠에 다녀왔어. 누나 신주쿠 알아?"

"신주쿠?"

둘째는 할리우드에도 다녀왔다고 했다. 그리고 지금은 우리의 옛 동네에서 노는 중이었다. GPS 조작 앱 덕분이었다.

"야, 그럼 집까지 들어가보자."

"에이. 그런 건 안 나오지. 세븐일레븐이랑 맥도날드랑, 그런 게 나온다고."

둘째 표현대로라면 친구 맺은 데만. 둘째는 위치 조작에 속도 조절까지 해가면서 전 세계를 누비고 있었다. 단점이 있다면 이게 아빠의 휴대폰이라는 것. 아빠의 휴대폰은 현실에서 완전히 벗어나는 걸 허락하지 않았다. 둘째가 몬스터 도감을 쭉 넘겨보며 몰입해 있으면 그 위로 이런 문자가 날아들곤 했다.

— 쟁점은 폐기물이 토끼였느냐, 아니면 비소였느냐, 하는 겁니다. 채우영 씨가 원하는 건 비소 쪽일 테고요.

그렇게 맥이 끊기면 둘째는 게임을 접고 휴대폰을 아빠에게 반납했다. 아빠야말로 진짜 몬스터와 싸우는 중이니까.

전에 볼펜을 꺼내는 과정에서 둘째의 일기장을 본 적이 있었다. 고백하자면 딱 한 번뿐이지만, 한 번에 두 권을 연달아 읽어버렸다. 열 살 남동생의 일기 따위가 뭐 그렇게 궁금하겠는가. 게다가 둘째 특유의 그 사실주의는 여전해서 읽기 편한 내용도 아니었다. 다만 글마다 달려 있는 그 물음표가 자꾸 시선을 붙잡았다. 독자의 참여를 유도하는, 앙큼한 질문들이 곳곳에 있었다.

"잔꽃마을 52번지에 가니까 옛날 생각이 나서 피자를 시켜보았다. 정말 피자가 우리 집에 오는지 궁금했다. 피자 아저씨는 우리 집을 잊지 않고 찾아왔다. 아빠가 반대하셔서 거기서 먹지는 못했지만 그래도 이건 참 좋은 아이디어였다고 생각한다. 선생님도 그렇게 생각하시나요?"

그러면 상냥한 담임 선생님이 몇 줄의 정성스러운 답변을 써놓곤 했다. 문제는 사흘에 한 번 꼴로 등장하던 둘째의 질문이 언제부터인가는 거의 매일, 최근에는 하루에도 몇 개씩 들어가 있다는 거였다. 선생님은 질문에 답하기를 건너뛰기 시작했다. 가장 최근의 일기에는 "선생님이라면 어떻게 하실 생각이세요" 하고는 심지어 물음표도 달아두지 않았다. 야, 이런 문장 뒤에는 물음표를 두 개쯤 찍으란 말이야, 하고 말해주고 싶었지만 일기장 훔쳐본 얘기를 할 수도 없어서 그만뒀다.

나 역시 가끔 막연한 질문들을 어디론가 던지고 싶어질 때가 있었는데, 명확한 질문의 형태를 만들기도 어려웠다. 다만 집은 그대로인데 내 몸이 집보다 더 커져버린, 혹은 그 비슷한 종류의 꿈을 가끔 꾸곤 했다. 그런 꿈에서 깨어날 때면 일단 창문을 여는 것이 환기에 도움을 줬다. 창문을 열고 반대편을 보면, 수많은 액자들이 거대한 미술관의 벽처럼 놓여 있었다. 이건 아파트가 줄 수 있는 위안 중의 하나였다. 액자들은 비슷한 크기와 배열로 놓여 있었지만, 그 안의 풍경은 다 달랐다.

생각난 김에 나는 창문을 열고, 앞 동의 305호가 어디쯤 되는지를 헤아려보았다. 앞 동만 창문 배열이 이상한 게 아니라면 바로 저 창문은 루의 것이 확실했다. 마치 골다공증을 앓고 있는 듯한 블라인드가 보였다. 성긴 막대들 사이로 불빛이 새어 나왔다. 그 방의 불빛이 꺼질 때까지 가만히 바라보았다. 물음표 없는 질문을 던지는 것처럼.

18

엄마는 막내를 일주일에 세 번 있는 수영 강습에 보냈다. 신문에서 봤던 대로, 그 수영장은 지역사회에 환원하고 어쩌고 하면서 소장이 자랑했던 시설 중 하나였다. 막내는 꽤 적응을 잘해서 시도 때도 없이 수영장에 가고 싶어 했다. 엄밀히 말하면 수영 자체보다도 수영을 오래 한 다음에 손가락 끝을 보는 걸 더 좋아했다.

"쪼글쪼글한 게 좋아. 이렇게 되려면 진짜 수영을 열심히 해야 돼. 그래야 이렇게 된다고."

나는 오며 가며 수영장 유리벽에 달라붙어 내부를 구경했다. 막내의 강습 시간에 맞춰 가서 통유리 너머로 노란 수모를 찾아보기도 했다. 노란색 모자가 너무 많아서 한눈에 막내를 찾기는 힘들었지만, 수모를 쓴 사람들의 머리가 레인을 따라 가라앉았다가 떠오르고 가라앉았다가 떠오르는 걸 지켜보고 있으면 마음이 평온해졌다. 오선지 위의 알록달록한 음표들처럼 보이기도 했다. 그걸 보고 있으면 옆에 나와 닮은, 나보다 조금 큰 귀가 와서 합류했다. 방학이 시작된 후에도 뒤뒤와 일주일에 세 번 정도는 마주쳤는데, 뭐, 상세하게 내 동선을 안내해준 건 나였으니 뒤뒤가 신통하다고 할 것도 없었다.

『어린왕자』 해적판을 내게 준 사람이 루라는 것을 알고부터, 뒤뒤는 독서가 스포츠라도 된 것처럼 서두르기 시작했다. 방학이 시작되기도 전에 이미 같은 듯 다른 두 권을 모두 읽고 오는 데 성공했다. '성공했다'는 건 너무 과한 표현이 아닐까 싶지만, 뒤뒤가 꼭 그렇게 말했다. 내가 해적판에서 뜯겨 나간 두 장이 궁금해죽겠다고 하자, 뒤뒤는 자신이 그 해적판의 원형을 찾아내겠다고 했다. 그런 책은 누구나 쉽게 흔하게 구할 수 있다면서, 아주 흔한 거라는 걸 몇 번이나 강조하면서. 의지는 좋은데, 아직 이렇다 할 성과는 없어 보였다.

태풍은 몇 차례나 올라온다고 했다가 우리 도시에 닿기 전에 소멸되곤 했다. 그러더니 모두가 방심하고 있을 때 별것 아닌 것 같던 새끼 태풍이 온 도시를 긁어놓았다. 일주일 내내 바람 소리가 요란해서 단지 창문을 열고 (닫아도) 바람 소리를 듣는 것만으로도 정글에 있는 기분이 들 정도였다. 바람을 동물에 비유하자면 분명 날카로운 이빨을 가진 육식동물 쪽일 것이다.

둘째는 어디서 들었다며, 덜컹거리는 베란다 창문에 녹색 테이프를 두 줄 교차해서 붙여놓았는데 별로 효과가 있을 것 같진 않았다. 팔뚝만 한 길이의 일자 테이프 두 줄로 'X'를 만든 수준인데, 전체 유리창의 면적에 비하면 턱없이 작아서 단지 '반사!' 정도의 표식에 불과했다. 태풍이 그걸 깜찍하게 여겨 이 집으로 달려들지 않을까 싶을 정도로.

녹색의 'X'자 창문이 달린 집에서 우리는 바람 소리를 들으며 저녁을 먹었다. 아빠가 김치찌개를 끓였는데 부대찌개 맛이 났다. 엄마는 요즘 주택관리사 자격증 때문에 공부를 시작해서 기분으로는 우리 집 고3이나 마찬가지였다. 내가 아빠의 분주한 싸움에 대해 물었을 때, 아빠는 반 농담처럼 이런 얘기를 했다.

"그쪽 변호인들은 뭐, 몇 년 전에는 외계인을 상대로도 승소했다고 하더라고."

센터 측 변호인 말이었다. 그런데 외계인이라고? 외국인이 아니고? 나는 어리둥절했는데, 아빠는 그 농담의 효용에 대해 이렇게 정리했다.

"외계인이든 외국인이든 상관없다는 거지. 어떻게든 이긴다는 거야."

그때 내 머릿속을 지나간 건 오후에 거리에서 들었던 말이었다. 편의점에서 어떤 사람이 자기 휴대폰에 대고 이렇게 소리쳤는데.

"공격을 막는 것만 수비냐? 새끼야, 치기 전에 때리는 것도 수비지."

이제 와서 생각해보니 그 말이 꼭 내게 적용되는 것 아닌가? 내가 그 말에서 어떤 영감을 받았던 이유가 있었던 것이다. 나는 김에 밥을 꼭꼭 싸서 입 안으로 밀어 넣으며 생각했다. 그래, 폭력범으로 고발하지 못한다면 식품위생법 위반으로라도 고발하자! 사기꾼으로 고발하지 못한다면 주차 위반으로라도 고발하자! 모로 가든 서울만 가면 되는 거 아닌가? 나는 어떻게든 그들이 벌을 받기를 바랐다. 이 소장이 아니면 저번 소장이라도, 저번 소장이 아니면 나중에 올 소장이라도. 누구든, 뒤로 쏙 빠진 책임자들 말이다.

생각은 꼬리에 꼬리를 물고 이어져 내가 누락해두고 있던 기억 하나를 끄집어냈다. 열 살이 되기 전에 내게서 돈을 빼앗아갔던 그 중학생들 말이다. 그들 중 하나를 열세 살의 어느 날 본 적이 있었다. 이번에는 우리 골목 앞에서였는데, 나는 단박에 저기서 걸어오는 사람이 바로 날 위협했던 그 사람이라는 사실을 알아버렸다. 그래서 뭔가 결심하고 말고 할 것도 없이, 본능적으로 그 여자를 엄청 노려보면서 두 눈에 힘을 주었다. 내 앞을 지나가던 여자가 내 눈을 보다가 슬그머니 눈을 내리깔고 피하는 것이 느껴졌다. 왜 그 장면을 잊고 있었지? 둘째가 중2는 복수하는 나이라는 말을 한 건 적절했다.

그래서 나는 몇 차례 엄청난 타격으로 헛스윙을 날렸다. 그중에 가장 강력했던 건 막내가 다니는 그 수영장에 대한 거였는데, 여러 트집을 잡을 만한 부분이 있었다. 수질 관리부터 시작해서 사물함 도난 사고와 아이들 통제에 서툰 것까지, 그 기자가 관심을 보일 만한 교육계의 일은 아니더라도 뭔가 파고들어가면 분명 문제가 있을 것 같았다. 막내의 노란 수모를 찾아내며 흐뭇해지는 것과는 별개로, 수영장이 센터와 관련 있다는 점에서 나는 그곳이 싫었다. 그렇게 따지면 이 집도 싫어야 하는 거겠지만 확장하면 너무 머리가 아파오니 그만.

기자에게 연락하기 전에 일단 수영장 홈페이지의 게시판에 글을 올렸는데, 요지는 수영장 관리가 제대로 되고 있지 않다는 것이었다. 내가 상상한 건 이게 번져서 센터가 운영하는 그 수영장에 대대적인 감사가 시작되는 거였다. 그런데 일은 이상한 방향으로 흘러갔다. 내 글을 시작으로 해서 사람들이 수영 강습에 대한 불만을 내기 시작했고, 일주일쯤 지난 후에 나는 수영장에서 한 강사가 학부모와 아이 앞에 무릎을 꿇는 걸 보았다. 막내는 그날 엄청 울었다. 다른 아이가 위험하게 장난을 쳐서 선생님이 벌을 준 건데 왜 그 선생님이 그만두어야 하냐는 거였다.

헛스윙도 바람을 만들 수가 있을까. 그렇지만 엉뚱한 사람이 무릎을 꿇은 걸 보고 나는 거의, 전의를 상실했다. 악몽을 꿨고 새벽 3시쯤, 일어나서도 다시 잠들지 못해서 베개를 들고 엄마 옆으로 가서 누웠다. 잠든 엄마의 손가락 끝에 코를 가져다 대고 숨을 크게 들이마셨다. 어릴 때는 엄마 손끝에서는 왜 매일 마늘 냄새가 날까 생각했는데, 이제는 나지 않았다. 마늘 냄새를 내가 감각한 적이 있었는지조차 애매했다. 그 냄새를 붙잡을 수 있다면 그러고 싶었다. 어쩌면 내가 시선만으로 오래전 깡패를 제압했다고 생각한 것도 착각이었는지 모른다. 그저 그 여자는 날 보고 이상한 애라고 생각했거나, 아니면 말 그대로 무심했는지도 모른다.

진짜 태풍이 오고서야 나는 좀 차분해졌다. 멈춰버린 풍력발전기처럼. 태풍이 오면 풍력발전기를 멈춰 세운다는 걸 이번에 알았는데, 얼핏 이해가 가진 않았다. 바람을 낚는 발전기 입장에서 태풍이란 대목 아닌가? 그러나 아빠는 자칫 풍력발

전기의 날개가 부러질 수도 있어서, 발전기를 꺼두는 거라고
했다.

"날개가 엄청 비싸거든. 너무 큰 바람 앞에서는 꺼두는 게
상책이지."

아빠가 말했다. 나는 풍력발전기가 도시의 흔한 가로등처
럼 멈춰 서서, 일몰 후 두 시간 동안 불을 켰다 끄는 걸 반복하
는 장면을 상상했다. 내가 느끼는 차분함이란 모두가 바람에
시달리고 있으니 차라리 공평하다는, 그런 위안에서부터 출
발하는 거였다. 모두가 이 태풍의 경로에 대해 말하는 동안 우
리 가족만 앓고 있는 그 토끼냐 비소냐의 문제가 잠시 휴전을
선언한 것처럼 느껴졌다.

그렇지만 웅크린다고 해서, 태풍이 지나가기를 기다린다
고 해서 모든 게 정말 무사한 건 아니었다. 태풍이 거리를 휩
쓸고 더 위로 올라간 다음 나는 풍력발전기의 날개 한 귀퉁이
가 부러져 있는 걸 볼 수 있었다. 셋 중에 가장 먼저 보이는 풍
력발전기였다. 가만히 웅크리고 있는 간판도 떨어뜨리고, 몸
사리던 현수막도 찢어버리는 바람이었다. 바람의 부피와 속
도를 측정하려고도 하지 않고, 그걸 이용하려고도 하지 않고,
아무것도 모르는 척 가만히 있었는데도 풍력발전기의 날개는
부러졌다.

소문만 무성하다가 결국 도둑처럼 왔던 그 태풍처럼, 우리의 출구도 예상 못 한 타이밍에, 예기치 않은 지점에서 뻥 뚫렸다. 여름 동안 둘째에게 벌어진 좋은 일이 있다면 엄마가 휴대폰을 사준 거였는데, 둘째가 새 휴대폰으로 접속한 세계 중에 가장 멋진 건 우리의 옛 골목이었다. 거기에 가볼 생각을 한 건 관성 때문이 아니었다. 잔꽃마을 50번지부터 55번지 사이, 우리의 옛 골목 일대에서만 출몰한다는, 게임 속 몬스터 때문이었다.

19

태풍이 지나간 타이밍, 사람들이 움직이기 시작했다. 하늘
에 흰 구름이 몇 점, 단지 관상용이라는 듯 떠 있었고, 햇빛은
적당한 속도로 골목길을 달궜다. 낯선 사람들이 잔꽃마을의
어느 골목으로 들어오고 있었다. 우리 셋도 있었다.

마당을 빌려준다는 게 어떤 건지 종잡을 수 없었던 그날이
나, 이 일대에서만 잡힌다는 희귀 몬스터를 보러 온 오늘이나,
어리둥절하기는 마찬가지였다. 적지 않은 사람들이 이 골목
을 통과하는 게 아니라 목적지로 생각하고 왔다는 게 믿기지
않았다. 그걸 어떻게 해석해야 할지, 우리에게 좋은 건지 나쁜
건지 관계없는 건지도 가늠할 수 없었다. 우리 셋의 표정은 몇
년 전 그날과 크게 다르지 않았을 것이다. 적당히 불안했고,

거품처럼 약간의 들뜸이 있었다.

　달라진 게 있다면 우리의 정수리 높이 같은 거였다. 나이순으로 섰을 때 예전엔 한쪽이 기울어진 사선 형태였다면, 지금은 가운데가 삐쭉 솟아나 있었다. 그때만 해도 키가 큰 편이었던 나는 중학교에 들어오면서부터 보통 키가 되었고, 몇 년 후면 평균보다 작은 편이 될 게 분명했다. 그런가 하면 둘째는 나보다 다섯 살 어렸지만 이미 내 키를 넘어섰다. 어쩌다 보니 이제 산 모양이 된 우리 앞에서 낯선 사람들은 저마다의 보폭으로 걷고 있었다. 한 손에 휴대폰을 들고, 손가락을 활 켜듯이 위로 툭, 툭, 튕기면서.

　"휴대폰 화면 안에서만 보이는 거지, 포켓몬이?"

　내가 묻자, 둘째는 물론이고 막내까지도 뭐 그런 당연한 걸 묻느냐는 듯 나를 쳐다보았다. 잔꽃마을 50번지부터 55번지 사이, 그 일대에서만 잡히는 몬스터가 있다는 건 그 게임을 하지 않는 나로서는 살짝 꿈 같은 얘기로 다가왔는데, 정확히 어떤 의미인지 손에 잘 잡히지 않았다. 뒤뒤 말에 따르면 그 게임을 하는 사람들한테도 그건 꿈 같은 얘기라고 했는데, 내가 느끼는 막연함과는 좀 다른 의미의 꿈인 것 같았다.

　뒤뒤는 몇 가지 전설적인 몬스터에 대해 얘기해주었다. 에베레스트에서만 나타난다는 몬스터를 잡기 위해 실제로 에베레스트를 오른 사람의 이야기까지 들었는데, 소문과 실제가 늘 일치하는 건 아닌 모양이었다. 에베레스트에 오른 사람은 그곳에서 아무것도 볼 수 없었다고 했으니까. 그의 휴대폰에는 텅 빈 게임 배경만 잡혔다. 마찬가지로 둘째의 휴대폰 속에도 딱히 보이는 건 없었다. 우리가 지금 이 골목에 와 있는데도 말이다.

이미 한쪽이 철거되기 시작한 이 골목엔 차도 사람도 많이 다니지 않아서 넋을 놓고 걷기에 적합해 보였다. 공원이나 학교 운동장처럼. 그게 그 게임회사에서 우리 골목을 활용한 이유였을까? 물론 지금은 사람들이 북적북적했다. 둘째가 아직 잡지는 못했지만, 이 일대에서만 나타난다는 그 희귀 몬스터의 이름은 '지롱이'였다. 그 지롱이의 생김새는 게임을 하지 않아도 검색만 하면 쉽게 찾을 수 있었는데, 보는 순간 팔에 소름이 돋았다. 막내가 우리 집 담벼락에 그려놓았던 슈퍼지렁이 그림과 너무 흡사해서였다. 우리 눈에만 그렇게 보이는 건가? 순서가 어떻게 된 건지는 몰라도, 지롱이라니 그건 정말 우리가 알던 슈퍼지렁이의 짝퉁처럼 생겼다. 우리 집 이야기가 지롱이의 탄생에 기여한 것 같은 생각도 들었는데 물론 심증일 뿐이었다.

실제로 슈퍼지렁이가 그려진 우리 집 담벼락은 이미 포토

월 역할을 하고 있었다. 그리고 동시에 거대한 스케치북 역할을 하고 있었다. 담벼락을 들여다보면 슈퍼지렁이의 수가 더 늘어나 있었다. 다양한 사이즈로, 다양한 표정으로. 처음 우리가 그렸던 걸 제외하면, 모두 길 가던 사람들이 그린 거였는데 너무 익살맞아진 나머지 나중에는 거의 꽈배기처럼 생긴 것도 보였다. 그 꽈배기 같던 지렁이의 모습이 게임 속 지룡이 이미지와 비슷했다.

동생들은 몹시 들떠 있었는데 셋이서만 이 골목에 온 것은 처음이었기 때문이다. 우리는 골목 입구에서부터 초록색 대문 앞까지 전속력으로 뛰며 시간을 쟀다. 게임을 하는 것처럼 보일지도 모르지만, 우리는 단지 버스 정류장에서 집까지 오는 경로를 최대한 단축하고 싶어서 여러 실험을 하는 중이었다. 원래는 버스 정류장에서 내려 미소약국을 끼고 우회전한 다음 다섯번째 골목으로 슝 들어가면 집이 나오는 건데, 골목 두 개가 합쳐졌고, 그리고 미소약국이 사라졌다.

미소약국 자리엔 어느새 인형뽑기 가게가 들어섰고, 언제든 또 다른 걸로 바뀔 수 있을 만큼 가뿐해 보였다. 미소약국이 그만두기 전에 우리 아빠랑 상의를 했어야 하는 게 아닌가 싶을 정도로 아쉬웠다. 아니다. 간판은 바뀌었지만, 저 통유리는 그대로 아닌가? 아빠가 갈아준 유리창은 여전히 그대로란 사실이 꽤 위안이 됐다. 어쨌거나 이제는 다른 이정표들이 필요했고, 아는 길 말고 새 길을 뚫을 필요가 있었다. 그렇게 해서 요약된 경로는 이랬다.

1. 버스를 타고 '잔꽃마을 파출소 앞'에 내린다.
2. 정거장에 내려서 버스 가는 방향으로 조금 직진. 오른쪽에서 인형뽑기 집을 발견하면, 그걸 끼고 돈다.
3. 현재 기준으로는 세번째 골목으로 들어간다. 골목 입구에서 마티 할머니네 굴뚝이 보이는지 확인하기.

대문 열쇠는 항상 두는 그 장소(우편함을 들면 나타나는 비밀 장소)에 있었다. 지붕 달린 집 안으로 들어가지는 못해도(건물 열쇠는 없었다), 마음만 먹으면 피자를 배달시켜 마당에서 먹을 수 있다는 사실에 우리는 들떴다.

"누나, 우리도 개 조심 붙일까?"

막내가 말했다. 마티 할머니네 집 대문에 "사나운 개 조심"이라는 종이가 붙어 있는 걸 본 영향이었다. 그 종이를 보고 우리는 처음에 웃었는데, 마티가 그새 사나워졌을 리가 없기 때문이다. 그러나 다음 순간 우리 대문에도 그런 거짓말이 필요하다는 생각이 들었다. 우리가 초록색 대문을 열고 그 안으로 들어가는 걸 보고서 몇 사람이 우리 대문 안쪽을 기웃거렸고, 몇은 따라 들어왔고, 심지어 누군가는 "화장실이야?" 따위의 말을 해서 우리를 당황하게 만들었다. 한 꼬맹이가 우리 마당 아래로 난 지하 창고의 문을 열어보려고 할 때 정신이 퍼뜩 들었다. 나는 얼른 말했다.

"여기 저희 집인데요."

동생들은 우리 골목이 유행하는 게임 화면 안에 등장한다는 사실에 엄청 들떠 있었지만, 이 게임에 연루된 사실을 짜증스러워하는 동네들도 꽤 있다는 걸 뉴스에서 봤다. 엄청난 인파가 늘 출근길과 등굣길과 조용한 산책을 방해한다고 생각해보면 충분히 이해가 가는 일이었다. 우리 마당에서 외부인들이 모두 나간 후, 아예 초록색 대문을 닫아버렸다. 막내는 더 이상 3년 된 채송화 얘기를 하지 않았지만, 마당 끝에서 아무도 가져가지 않을 것 같은 자전거 한 대를 끌고 와서는 이걸 숨겨놓자고 했다. 막내가 마당에서 주워 든 건 대부분 고물이었지만, 우리는 그 이상의 의미를 부여하고 있었다. 하다못해 마당의 모서리에 세워진 고무호스나 나지막한 나무의자 같은 걸 타인이 쳐다보면 그게 꼭 시선만으로 닳아 없어질 것 같았다.

"못 들어오게 열쇠를 우리가 가져가면 되지."

내 말에 둘째가 목이 댕강 달아나는 시늉을 했다.

"열쇠는 그 자리에 있어야지. 아빠가 눈치챌 거야."

집 건물로 들어가는 열쇠는 없었으니, 이 마당 안에서 내가 열어볼 수 있는 문이라고는 마당 아래로 난, 그 저장고뿐이었다. 우린 잡동사니를 저장고 안으로 집어넣었다. 양동이 하나, 물뿌리개까지 모두. 내가 저장고 안으로 내려가 물건들을 받았다. 지하의 서늘한 공기가 오랜만이어서 잠시 서 있으니, 동생들이 굳이 내 곁으로 내려와서 따라 했다. 문을 열 때마다 햇빛이 손전등 역할을 하는 것도 같았다. 암흑 속에서 춤을 추고 있던, 허공의 먼지들이 어디로도 숨지 못하고 둥둥 떠다니는 게 보였다. 아주 잠시였지만, 모든 게 멈춘 것 같은 그 느낌이 좋았다.

"우주에 온 기분이야."

둘째였나, 막내였나, 누군가가 말했다. 그 말을 듣고 보니, 어쩌면 먼지는 조금 무게가 가벼운 별이 아닐까 싶기도 했다. 우리의 발아래에 뭐가 있는지는 잠시 잊어도 좋았다.

우리는 그 저장고에 자물쇠를 채웠다. 손에 잡히는 걸 다 걸어보니 세 개였다. 어쩌다 보니 삼중 잠금장치가 된 셈이다. 다시 초록색 대문 밖으로 나왔을 때, 사람들은 더 늘어나 있었다. 둘째가 불법 앱 하나를 들여다보며 말했다.

"이제 지롱이 출몰 시간이 3분 남았대."

우리도 많은 사람들처럼 휴대폰 속 화면을 뚫어져라 쳐다보았다. 일몰을 기다리는 것도 아니고, 몬스터 출몰을 기다리다니. 그런데 시간의 공백이라도 있었던 걸까. 3분이 지났지만 골목에서 지롱이를 발견한 사람은 없는 것 같았다. 나는 당황했는데 둘째는 오히려 덤덤했다.

"이 지롱이를 잡은 사람이 생각보다 적거든. 전 세계에서 두 명이라던가?"

그러자 막내가 받아쳤다.

"엥? 우리 반에서 두 명이나 잡았는데?"

둘째는 그럼 우리 동네에서 두 명인가, 하고 정정했다. 아무튼 생각보다 적다는 얘기였다. 우리가 그 골목을 벗어나기 시작하자 골목의 창문 하나가 스르륵 열렸는데, 그쪽으로 시선을 보내자 급히 내부를 감추는 게 보였다. 얼핏 그 몸짓이 윙크처럼 느껴지기도 했다.

20

담벼락의 슈퍼지렁이 그림이 어떻게 그 게임 속 몬스터 ─ 지룽이가 된 것인지, 명확하게 아는 사람은 아무도 없었다. 단지 여러 설이 있었고, 모두 믿고 싶은 이야기를 골랐다.

아빠와 엄마는 일단 지룽이든 지렁이든 슈퍼지렁이든, 그들 사이의 연관성을 배제했다. 그러니까 지룽이는 그냥 우연인 것이고, 슈퍼지렁이는 담벼락에 그리면 안 되는 것이었는데, 골목의 미관상 문제가 되었기 때문이다. 아빠는 공사가 바로 시작될 줄 알고 아이들의 낙서를 방치한 게 잘못이었다고 말했는데, 그 과정에서 엄마가 나머지 넷의 비밀(잔꽃마을행)을 알게 되었다. 아빠는 우리가 한 낙서가 끝말잇기처럼 다른 낙서들을 불러온 거라며 우리를 혼냈고, 엄마는 거기에

162

우리를 데려갔다는 점에서 아빠를 혼냈다. 우리 셋이 최근에 그쪽에 간 건 절대, 절대 몰라야 했다. 이럴 때마다 지퍼처럼 여닫기 간편한 입 하나가 가장 걱정스러웠는데, 나와 눈이 마주친 막내가 찡긋 한쪽 눈을 감아 보였다. 가슴이 철렁했다.

둘째는 우리의 낙서를 분명히 마티 할머니가 어딘가에 일러바쳤을 거라고 말했다.

"포켓몬고 회사에다가 마티 할머니가 일러바친 게 아닐까? 요놈 좀 써봐, 하면서. 슈퍼지렁이라던데, 하면서. 응? 그 골목에선 마티 할머니가 짱이잖아."

둘째가 보여준 게임 화면에 '박사에게 보내기' 버튼이 있었는데, 그 버튼을 누르는 의미에 대해 둘째는 신나게 설명했다. 반은 알아듣고 반은 모르겠는 얘기였는데, 그 얘기를 듣더니 막내가 불쑥 끼어들었다.

"마티 할머니가 그 박사다!"

게임을 모른다고 해도 그 얘기에는 동의할 수가 없었다.

내게도 믿고 싶은 구석이 있었다. 한 달 반 만에 기자에게서 연락이 왔기 때문이다. 기자는 우리 부모님께 직접 연락하겠다면서 연락처를 알려달라고 했다. 가슴이 쿵쿵 뛰었다. 어쩌면 그 기자가 유행하는 게임을 통해 새로운 출구를 만든 게 아닐까? 이 모든 게 우연일까? 부모님은 기자의 연락에 반색을 했다. 잔꽃마을이 속한 구청에서도 전화가 왔다. 갑작스러운 연락이 오는 것에 우리 모두가 놀랐다. 한동안 아무리 두드려도 꿈쩍도 않던 문들이 일제히 열린 셈이었다.

구청 입장에서 보면 아빠는 악성 민원인이었다. 구청 직원 하나가 그런 생각을 하는 걸 아빠에게 들켜버렸기 때문에 하마터면 싸움이 날 뻔도 했다고 들었다. 시작은 오래전 토양 오염 검사로 거슬러 올라가는데, 우리 집 마당에서 세 차례나 중금속 수치를 검사했을 때 그 결과가 항상 '기준치 이하', 그러니까 '정상'이라는 걸 아빠는 믿을 수 없어 했다. 두번째와 세번째에는 센터뿐 아니라 구청도 함께한 검사였는데, 구청에서는 "마음에 드는 결과가 나올 때까지 계속하시려는 겁니까? 문제가 있다고 나와야 안심하시는 것 같잖아요"라고 해서 아빠를 화나게 했다. 아빠는 그게 왜 기준치 이하가 나온 것인지 그 경위를 따져 물으려 했고, 1미터도 파내지 않고 조사한 시료를 어떻게 믿을 수 있냐고 따졌고, 그래서 피곤한 민원인이 되어 있었다. 그런데 지금은 구청 측에서 오히려 전화가 걸려온 거였다. 그동안 제기된 민원을 다시 검토하는 주간이라고 했는데, 그 민원이란 게 우리 식구뿐 아니라 아주 여러 경로에서 출발한 거여서 오히려 우리가 좀 놀랐다. 구청에서는 확인할 게 있다며 아빠와 만날 약속을 잡았다.

슈퍼지렁이와 지렁이의 관계에 대해 또 다른 가능성을 생각해보게 된 건 마티 할머니를 만나고부터였다. 우리가 찾아 갔던 그날엔 마티 할머니를 만날 엄두도 내지 못했는데, 오히려 그 골목 밖에서 기회가 생겼다. 학원에서 방학특강을 여섯 시간이나 듣고서 버스에 탔을 때였다. 뒤뒤와 영화를 보기로 했는데 혹시나 해서(뒤뒤의 땡땡이에 연루되고 싶지 않아서) 아예 뒤뒤가 끝날 시간에 그 애의 학원 근처에서 보자고 했다. 엄마가 들으면 황당해할 일이지만(아마 "너나 잘해, 이것아" 했을 것이다) 버스에 앉아 거리의 간판들을 읽는 것도 내 취미였다. 나는 뒤뒤를 배려한 게 아니라 취미 생활을 하는 것뿐이었다. 자꾸 옷매무새에 신경 쓰면서 말이다. 원피스 밑 자락이 의자와 내 허벅지 사이에서 구겨지는 것이 싫어서 살짝 엉덩이를 들었다. 단지 옷의 주름을 바로잡으려고 했을 뿐인데, 그때 누군가가 내 등을 그대로 앞으로 밀어내며 이렇게 말했다.

"아유, 고마워요."

나는 얼떨결에, 졸지에 자리를 양보한 셈이 되었다. 뒤에 할머니가 서 있는 줄도 몰랐는데 그 할머니가 마티 할머니일 줄은 더더욱! 할머니는 내가 인사를 하고서야 나를 알아봤는데 나보다 더 놀랐다.

165

"본판 아깝게 그 뭐냐, 옷차림이."

내 차림새 때문에 놀랐다는 식이니 이게 웬 테러란 말인가! 완전히 사기를 저하시키는 말이었는데, 나는 오늘 코디에 꽤 신경을 쓴다고 썼던 것이다. 곧이어 할머니가 저고리가 어쩌고 구멍을 꿰매고 어쩌고 해서 약간 안심했다. 할머니의 기준을 너무 믿지는 말자, 싶었던 것이다. 나보다 족히 60년은 더 사신 분이니.

"골목이 난리 난 걸 알고 있냐? 집 공사를 시작할 것처럼 하더니만, 담벼락에 낙서를 그렇게 해놓고, 응? 아주 도떼기시장이 됐다고."

"게임하러 사람들이 많이 온다면서요? 할머니 포켓몬고 아세요?"

"알고 싶지 않다."

"아아, 네."

"저번에는 마당 가지고 그렇게 신경 쓰이게 하더니 이젠 또 담벼락 가지고 난리냐. 다 너희 집 낙서 때문에 시작된 일이야. 책임을 져야지."

"담벼락 낙서요?"

"그게 너무 꼴 보기 싫어가지고 구청에 전화를 하니까 시청으로 하라 그러고, 시청에 전화를 하니까 주민센터로 하라

그러고. 주민센터에서는 또 무슨 페인트 업체를 연결시켜주더만. 참, 나. 한 댓 군데 통화한 것 같은데. 최종적으로 어디에 신고했는지 기억도 안 나, 지금. 갑자기 듣도 보도 못 한 데서 찾아오질 않나?"

"어디서요?"

"몰라, 뭐. 뭐라더라. 그, 뭐라더라."

마티 할머니가 그 무언가를 기억해내길 기다리느라 나는 내려야 할 지점을 놓쳤다. 할머니는 두 정거장쯤 더 흘러간 다음에야 그 무언가를 기억해냈다.

"그래, 구청이었어."

"구청에서 전화를 넘겼다면서요. 다른 데로."

"아냐, 근데 끝에는 구청에서 다시 전화를 했다고. 그 담벼락 그림이 생각보다 재미있다면서 그걸 홍보에 활용한다던가? 그러더니 지금 아주 그 모양이 됐지 뭐냐. 그 짐승 잡는 거 있잖니, 그런다고 죄다 와서 그 모양이야."

"그러니까 구청에서 그 담벼락 낙서를 활용한 거예요?"

"몰라. 웬 그 짐승 낚시 회사랑 같이 왔다니까."

"포켓몬 회사요? 구청에서 포켓몬 회사에다가 연락을 한 거예요?"

"알게 뭐냐."

이건 둘째가 예상한, 내가 비웃었던 시나리오 아닌가? 결과적으로는 마티 할머니가 영향을 끼친 게 되었으니 말이다.

이미 몇 정거장을 지나친 나는 초과한 거리만큼 뒤로 걸어가 뒤뒤를 만났다. 우리가 교집합으로 공유할 수 있는 시간은 세 시간 정도였고, 영화는 두 시간짜리였다. 뒤뒤는 갑자기 그 사실을 상기시키더니, 영화를 다음에 보자고 했다.

"왜? 우리 영화 보려고 만난 거 아냐?"

"그렇긴 했는데. 영화를 보면 한 시간밖에 안 남잖아. 아까워."

"뭘 하고 싶은데?"

"그냥 너랑 얘기하고 싶은데? 영화보다 훨 재미있거든."

"사기당했네."

그렇게 말하긴 했지만, 나도 영화가 많이 아쉽지는 않았다. 우리는 스파게티를 사 먹고 던킨에 가서 수다를 떨었다. 그리고 가파른 계단으로 이어진 산책로로 조금 걸었다. 어둑한 계단에서 내 발 하나가 오른쪽으로 홱 꺾이며 휘청, 했는데 그 바람에 뒤뒤가 우당탕탕, 했다. 볼링핀처럼 같이 무너진 거였다. 우리는 화들짝 놀랐다가 동시에 폭소를 터뜨리고 말았는데 갯벌은 아니지만 또 넘어졌다는 사실이 우스워서였다. 웃음이 바람을 닮은 것 같다는 생각도 들었다. 바람이 불지 않아

서운한 곳에서는 내 안에서 바람을 만들어내면 되는 것 아닌
가? 제일 쉬운 건 웃는 거였다. 웃는 동안 몸 안에서는 모든 게
줄넘기를 한다.

"아아, 근데 나 발목이 좀 아픈 것 같아."

뒤뒤가 말했다. 어제 애들이랑 농구하다가 발목을 삐끗했
는데 거길 또 접질린 것 같다면서. 엄살 아니냐고 의심의 눈초
리를 보내면서도, 나는 뒤뒤가 한 팔을 내 어깨에 두르고 계단
을 내려오는 걸 허락했다. 필요 이상으로 뒤뒤의 팔이 무겁게
느껴져서, 모든 체중을 나한테 싣지는 말라고 했더니 뒤뒤가
말했다.

"야, 너 나한테 고마워해야 돼."

"……뭘?"

"나 지금 완전히 업히려다가 참고 있는 거란 말이야."

뒤뒤는 새침한 표정까지 지으며 말했다.

"너니까. 배려하는 거라고."

문제는 사실 무게가 아니라 거리였다. 뒤뒤의 숨소리가 내
오른쪽 귀에 작게 노크하는 것 같았다. 걸음도 마음도 조심조
심, 그렇게 계단을 다 내려온 다음에 뒤뒤는 깡충깡충 뛰어
갔다.

21

    루는 늘 뭔가를 물어보고 싶게 만드는 사람이었다. 그러나 막상 루에게 물어본 건 몇 개 되지 않는다. 대부분 내 질문들은 요란한 추격전을 하듯 달려오다가 입 밖으로 발설되기 전에 조용히 소멸되곤 했다. 질문이 생성되었다가 소멸되는 횟수는 한때 잦았다가, 점점 줄어들었고, 이제 나는 루에게 물어보고 싶은 게 거의 없었다. 정말, 정말 중요한 질문이 딱 하나 정도만 남았다. 루에게 물어보고 싶어서 한동안 그 질문을 품고 다녔다. 혹시라도 집 앞에서 마주친다면 이렇게 물어볼 생각이었다. 아저씨는 어느 편이에요? 토끼라고 생각하세요, 아니면 비소라고 생각하세요? 아저씨가 자루를 들고 왔잖아요. 실제로 그런 질문을 할 기회는 오지 않았다. 다만 어느 기사에서 루의 말을 몇 줄 읽을 수 있었는데, 처음에는 루가 아니고 소장의 말인 줄 알았다. 언젠가 소장이 아빠에게 했던 말과 닮아서.

"무책임한 허위 신고로 인해 회사의 이미지가 실추되었고, 직원들도 고통을 받았습니다."

그 기사는 우리 마당에 대한 게 아니고 센터가 휘말린 다른 문제에 대한 거였는데, 루의 저 말이 어쩐지 내 질문에 대한 답처럼 느껴져서 낯설었다. 아마도 아빠가 거부한 일들을 루는 그대로 진행하는 모양이었다. 그중에 우리 마당의 일도 포함되어 있을 것이고, 비슷한 다른 일들도 있을 것이다.

기자는 '지룡이의 탄생 비화'에 관한 기사를 썼다. 그 기사에 따르면, 잔꽃마을에 오래 거주한 주민이 골목 낙서에 대해 민원을 제기하면서 "지렁이 좀 와서 보라니까"라고 말한 게 시작이었다. 여러 지자체 담당자를 오가는 동안 이미 문서 위에 '지룡이'가 등장해 있었는데, 주민의 잘못된 발음('렁'을 '롱'에 가깝게)을 모두가 의심 없이 기록했기 때문이었다. 게임 회사에서도 '지룡이'라는 말을 그대로 이어받으면서 지룡이는 그냥 지룡이로 남았던 것이다. 당연히 그 오래된 주민이란, 마티 할머니일 것이었다. 마티 할머니는 오래전부터 '어'를 '오'에 가깝게 말하곤 했는데, 이를테면 "너희 왜 그리 말

썽이냐"라고 할 것을, "너희 왜 그리 말쏭이냐"라고 하는 식
이었다. 그 습관이 지렁이를 지롱이로 만든 것이었다.

기사는 지롱이의 탄생에 대해 가볍게 이야기한 다음, 본론
으로 들어갔다.

"지롱이 뒤에는 유해 폐기물을 주택가에 매립해놓고 모르
쇠로 일관한 기업과, 그것을 짐작하고도 방치한 지자체의 고
질적인 직무 유기가 있었다. 아이들이 뛰노는 그 골목에 1급
발암물질인 비소가 방치되어 있다면?"

이 기사로 인해 기자가 또 피해를 입으면 어쩌나 걱정이 되
기도 했는데, 기자 말대로 타이밍이 중요했다. 기자는 바람이
불고 있다는 것을 알았고, 거기에 정확하게 올라탄 것이다. 나
는 기사를 보고 기자에게 문자를 보냈다. "포켓몬이 우릴 도
운 거예요?" 하고. 곧 이런 답이 왔다.

— 구청장! 줄줄이 뇌물 먹은 거.

최근에 뇌물 수수로 시끄럽게 된 구청장이 센터의 견고한
인맥이라고 했다. 그쪽이 흔들리기 시작하자 센터에서 쉬쉬
하던 일들이 불거져 나왔고, 그중 하나가 우리 마당의 일이었
다. 센터는 비소를 쓰지도 않았다고 주장해왔는데, 그즈음 센
터의 비소 구입 내역이 공개되자 말을 바꿨다. '비소가 동물
에게 미치는 영향'을 실험하려 했다는 거였다. 그런 의도는

아니었겠지만 그 말에 나는 깜짝 놀랐다. 설마 그 동물이 우리 식구를 말하는 건가 싶어서였다. 결과적으로 보면 그렇지 않은가. 센터에서 '비소가 토끼에게 미치는 영향'으로 정정했으면 좋겠다는 생각이 들었다.

그러나 센터의 입장은 다른 증언들이 나오면서 흔들렸다. 애초부터 토끼와 비소를 결합한 어떤 실험을 하려던 게 아니라 그건 단지 사고였던 것이다. 실험 A에 쓰려던 비소를 소홀하게 관리해서 실험 S의 토끼들이 비소에 오염된 것뿐이었다. A와 S는 아무 상관이 없었는데 그렇게 합쳐졌다. 3년 전 그 무렵엔 센터가 동물실험 후처리를 대충 한다는 비판이 제기되고 있었고, 국가 지원 여부와 관련된 감사가 있었기 때문에 센터는 임시로 폐기물을 숨겼다. 우리 집에. 파낼 깊이가 충분한 마당이었다는 이유로. 그런데 센터가 건립 중이던 폐기물 보관소가 여러 이유로 지연되고, 그 일을 진행했던 사람들이 하나둘 그만두면서 우리 마당의 일은 허공에 뜬 거였다. 그렇게 임시 보관소였던 곳이 영구적인 게 되고 말았다.

어쩌면 센터는 폐기물만 거두면 그만이라고 생각했을지 모르지만, 우리 골목이 게임으로 유명해지는 바람에 상황이 달라졌다. 우리 마당에서 토양 검사 결과가 어떻게 나오는지를 궁금해하는 사람들이 많았다. 지하 3미터 지점에서 채취했을 때 비소가 기준치의 두 배, 지하 6미터 지점에서 채취했을 때 세 배로 검출되었다는 결론이 나왔다. 마티 할머니 집의 토양 검사도 했는데 다행히 거긴 정상이었다. 우리 방과 부엌과 거실의 먼지를 끌어모아 검사했는데, 그곳은 수치가 좀 높았다. 마당만큼은 아니었지만. 그나마 폐기물을 몇 겹으로 봉해서 지하 깊이 묻은 게 다행이었을까. 그러나 마티 할머니 말대로 비가 올 때마다 나쁜 성분이 조금씩 어딘가로 흘러가버렸을 수도 있다. 할머니는 뒤늦게 난리가 나서, 아빠에게 당신도 피해자라고만 할 수 없다고 했고, 아빠도 그걸 인정했다. 그리고 우린 벌을 받고 있었다.

구청과 시청과 센터와 환경부까지, 떠넘기기가 오가는 과정에서 언젠가 우리가 녹음한 소장의 목소리와 둘째의 일기가 증거물로 제출되었다. 둘째에게 동의하느냐고 물었던 사람이 있었는데, 동의하지 않으면 어쩌겠는가. 저울 한끝에 일기장이, 다른 한끝에 전부가 있는데. 결국 센터 측은 고의적인 방치였다고 말하지는 않았지만 자신들의 판단 착오가 있었음을 인정했다.

"저희 센터에서는 자체적으로 이 일에 대한 책임 소재를 밝혀 다시는 이런 일이 발생하지 않도록 하겠습니다. 빠른 시일 내에 폐기물 이송을 완료하고, 그 일대를 소독 처리하겠습니다. 전문 업체와 상의해본 결과, 산과 같은 화학약품을 이용하는 방식이 아니라 최근에 개발된 기술로, 기계 내부의 바람을 이용해 흙 속에서 중금속 알갱이만 골라내는 게 가능합니다. 이 일로 심려를 끼쳐드려 지역 주민께⋯⋯"

그렇게 말하는 사람이 우리가 아는 소장은 아니었다. 소장은 해외에 체류하고 있다는 얘기가 들렸고, 이 사태와 얽힌 관련자는 모두 책임을 지게 될 거라고 센터 측이 말했을 뿐이다.

"그럼 우리 슈퍼지렁이도 해외에 있겠네?"

막내는 그렇게 생각했지만, 글쎄. 나는 그가 우리 골목을 벗어나자마자 그 지렁이가 담겼던 지퍼백을 흔적 없이 버렸을 거라고 생각했다.

한동안 내가 가장 많이 검색해본 단어는 '비소'나 '폐기물'이었다. 끔찍한 사례를 많이 본 나머지 우리 마당의 비소가 기준치의 2, 3배라는 결과를 들었을 때 생각보다 약한 것처럼 느껴질 지경이었다. 갑자기 암 환자가 늘어난 마을, 비소가 기준치의 여덟 배로 나왔다는 사과주스, 수십 년간 기준치의 스무 배나 되는 비소가 묻혀 있었던 도로변, 몰래 유해 폐기물을 묻었다가 양심 고백한 내부 고발자, 수많은 이야기들이 우리와 닮은 듯 다른 듯 있었다. 우리 집에 이런 일이 생기지 않았더라면 몰랐을 그 이야기들을 나는, 견과류처럼 꼭꼭 썼다. 이제는 같은 검색어를 입력하면 우리 집 기사도 끌려 나왔다.

나는 최근에 좀 특이한 형태로 일기를 쓰고 있었는데, 어떤 단어에 대해 내 방식대로 기록하는 거였다. 나만의 사전, 정도 가 될까? 거기에 '비소'를 적고, 뭔가를 더 써보려 했지만 몇 줄로 정의하기가 확실히 어려웠다. 주입식 교육의 폐해일까, 나는 이렇게 적고 말았다.

비소
— As
— 중요한 건 아니라는데 가장 먼저 외워진 이름.

그 앞 페이지에는 뒤뒤가 있었다.

뒤뒤
— 진짜 나쁜 놈들은 항상 뒤, 뒤에 숨어 있다.
— 그런데 가끔은 내 뒤, 뒤에 좋은 사람이 올 때도 있다.

뒤뒤가 내 뒤, 뒤에 앉은 게 우연이 아니었다는 걸 알게 된 건 정말 우연이었다. 엄마를 따라 나올 일이 있었는데, 낯선 동네에서 뒤뒤를 봤던 것이다. 뒤뒤는 편의점에서 비닐봉지 하나를 들고 나오고 있었다. 엄마가 주차를 하는 사이에 뛰어가서 뒤뒤의 어깨를 툭 쳤다.

"뒤뒤, 뒤뒤!"

뒤뒤는 나를 보더니 화들짝 놀랐다.

"여기서 뭐해?"

"간식 샀는데? 너 이거 먹어봤어? 이거 지금 투 플러스 원이야. 딸기 맛하고 바나나 맛이 있는데 딸기 맛으로 세 개 통일했어."

뒤뒤가 그렇게 말하면서 내게 하나를 내밀었다. 뒤뒤는 집에서 막 나온 것 같은 차림새였고, 어쩐지 당황해하고 있었다. 저렇게 두서없이 중얼거리는 걸 보면. 아아, 뭔가 이상한 기운이 느껴졌다. 혹시나 싶어서 "너, 설마 이 근처에 살아?" 하고 물었는데 뒤뒤가 그렇다고 해서 그때부터 내가 당황하기 시작했다.

"집이 우리 동네 아니었어?"

"집은 여긴데."

"뭐? 난 네가 우리 동네에 산다고 생각했는데? 뭐가 어떻게 된 거야, 어?"

"아아, 14909가 마음에 들었거든."

"14909?"

"너희 집 앞 버스 정류장 번호. 난 그 14909를 지나서 학교로 가는 그 노선이 좋았다니까."

"여기서 우리 동네까지 왔다가, 다시 거기서 학교로 간 거라고? 야! 여기서 학교까지는 걸어서도 갈 수 있는데? 왜?"

"알면서 뭘 자꾸 물어보냐!"

저만치서 엄마가 뭐가 그리 오래 걸리니, 하는 표정으로 날 쳐다봤기 때문에 나는 서둘러 말했다.

"일단, 나중에 얘기해."

사실은 엄마 때문만은 아니었고 심장이 너무 빨리 뛰는 것 같아서였다. 나는 다시 뒤뒤를 돌아보고 말했다.

"개학하면 이제 그쪽으로 오지 마. 이사 간단 말이야. 어차피."

"이사?"

"이제 다시 원래 동네로 갈 거야. 몇 달 안 걸려."

"꿈이 아니고 진짜?"

"어."

너 기분 진짜 좋겠네, 하고 뒤뒤가 말했는데 이상했다. 기분이 좋은가?

집에 대해서라면 난 좀 차분해진 상태였다. 우리 가족 모두, 그리고 그 골목의 이웃들 모두가 머리카락 등을 제출해서 중금속 오염도를 검사해야 했다. 다행히 큰 문제가 있다고 나오지는 않았다. 다만 그것을 품고 있었을 마당을 생각하면 막연해졌다. 옛집으로 돌아가서 우리가 다시 양파를 심고 마늘을 거두고 배롱나무 밑에서 혼나고 채송화가 번식하는 걸 볼 수 있는 걸까.

구청에서는 잔꽃마을에 몬스터 테마파크를 조성할 계획이라고 했고, 곧 공사 중 푯말이 붙었다. 발 빠르게도, 게임 회사에서는 지롱이에 대한 추가 설명 한 줄을 배포했다.

'지롱이는 독을 먹고 진화하며, 해독 능력도 뛰어나다.'

둘째가 어딘가로 전화를 하더니 지롱이가 우리 집 담벼락에서 시작된 게 사실이라며 들떠 했다. 그러더니 내게 부탁을 했다.

"누나가 이 번호로 걸어서, 물어봐줘. 정말 지롱이가 잔꽃마을 52번지의 낙서에서 시작된 게 사실인가요? 이렇게 말해. 아, 그리고 해독 능력이 뛰어난 것도 사실인가요, 이렇게."

"이미 물어봤다며."

"누나가 해도 사실인지 궁금하다고!"

결국 나는 전화를 걸어서 둘째가 시키는 대로 했는데, 전화기 너머 직원이 다소 지쳤다는 듯이 이렇게 말했다.

"저기요, 같은 번호로 다섯번째 전화하시는데요, 확실히 그렇다고 말씀드립니다."

얼굴이 시뻘개져서 그 말을 전해주자 둘째도 얼굴이 시뻘개졌지만, 지롱이에게 자신이 영향을 끼쳤다는 게 꽤 만족스러운 모양이었다.

22

　뒤뒤와 내가 서로를 알게 된 시점은 달랐다. 지난봄 15번 버스에서 우리가 처음 봤다고 생각해왔는데, 뒤뒤가 날 본 건 그보다 몇 주 전이었다. 굴욕적이게도 내가 친구와 벌을 서고 있을 때였다. 아침 자습 시간에 친구와 학교 매점에 있었던 죄로 말이다. 쉬는 시간이 되기 10분 전에 친구와 나는 매점으로 나와서 왕뚜껑과 맥스봉을 샀다. 친구가 나무젓가락을 경쾌하게 반으로 가르며 말했다.

　"10분 안에 클리어하자! 쉬는 시간에 할 일이 많아."

　맞는 말이었다. 그런데 컵라면에 물을 부어놓자마자 선생님한테 걸려버렸다. 우리는 상습은 아니었는데 상습이라는 누명까지 쓴 채로, 매점 옆에 투명의자 자세로 서 있어야 했

다. 진짜 쉬는 시간의 종이 울릴 때까지. 선생님은 매점 앞에
아이들이 삼삼오오 모여들자 그때서야 "그만!"이라고 말했
다. 하필이면 뒤뒤도 그때 날 본 거였다. 뒤뒤는 내가 투명인
자에서 해제되자마자, 온몸의 관절을 몇 번 가볍게 풀더니 잽
싸게 컵라면을 챙겨 들었다고 했다. 나는 기억도 안 나는 일이
었다.

"그렇게 벌을 받고서, 그 와중에 라면을 다시 챙길 정신이
있다는 게 대단하지 않아? 다 불어터졌을 라면을 뚝딱 먹더라
고. 생활력이라는 게 뭔지 그날 느꼈어."

나는 한 모금 들이켰던 음료수를 뿜었다. 생활력이라니,
그게 내 첫인상이란 말인가? 낭만이라고는 조금도 없었다. 이
제 막 비운 페트병을 한 손으로 가볍게 구기자, 뒤뒤가 "역시"
라고 말했다. 나는 뒤뒤에게 생활력보다 '에너지' 같은 표현
은 어떠냐고 물었는데, 뒤뒤는 "생활력이 어때서?"라고 되물
었다.

"그럼 활력으로 해."

"알았어, 활력. 생각해보면 그때부터였던 것 같아. 궁금해
진 거."

뒤뒤가 내 다음 말을 기다리는 것 같았는데, 나는 아무 대
꾸도 하지 않았다. 습기를 조금 덜어낸 바람이 훌렁 불어오고

서야 나는 여기가 풍력발전단지 근처라는 걸 새삼 인식했다.
우리는 익숙한 산책로를 따라 걷기 시작했다. 날개가 부러진
풍력발전기의 보수가 아직 덜 끝난 모양이었다. 부러진 조각
들은 어디로 갔을까, 막연히 그런 생각을 하고 있을 때 뒤뒤가
말했다.

"우리 반 애가 널 알더라고. 자기네 동네에 산다고. 그 동네
에서 학교까지 오려면 딱 하나의 정류장을 거쳐야 하던데, 하
루는 마음먹고 그 정류장을 거쳐서 학교에 가기로 했지."

"내가 승용차로 갈지, 몇 시에 갈지, 어떻게 알고?"

"운 좋으면 보는 거고. 결과적으로 운이 좋았지만."

스토커냐고 묻자, 뒤뒤는 억울해했다.

"학교에 꼭 최단 거리로 가야 한다고 누가 그래? 난 그냥
너희 동네를 경유해서 가는 그 방식이 좋았다고. 솔직히 매일
가게 될 줄은 나도 몰랐는데. 첫날 네가 15번 버스를 탄 게 문
제였어. 내가 검색해온 범위에 없던, 엉뚱한 버스를 타는 걸
보고 뭐지 싶었는데, 그 버스에 따라 타는 순간 느꼈지. 아, 내
가 앞으로 얘만 믿고 따라가겠구나."

"잘못 탄 버스여도?"

"응."

"그날 우리 벌 받았잖아."

"그렇지만 귀가 몇 센티미터인지도 알게 됐잖아. 귀가 닮았다는 소리도 들었고. 학교를 그렇게 늦어본 것도 처음이었고. 최단 거리 말고, 에둘러 가는데 엄청 재미있는 길이 있는 거야, 너는 그런 길로 나를 유인하더라. 같이 있으면 좋은 걸 어쩌겠어, 끊을 수가 없었지. 나, 너 많이 좋아해."

말이 먼저 튀어 나가 상황을 견인하는 경우도 있지만, 때로는 말이 가장 늦는 경우도 있다. 말보다 앞서 걸어간 것이 더 많은 세계, 나와 뒤뒤가 산책한 건 그런 세계였던 게 분명했다. 그리고 이제 저렇게 말이 떨어지자, 막연히 짐작하고 있던 것들이 일순간 긴장한 듯 도열했다.

바람이 내 머리카락을 가볍게 헝클어놓았는데, 그게 바람처럼 느껴지지가 않았다. 뒤뒤의 손은 메트로놈의 추처럼 보폭에 맞춰 적당히 흔들리고 있었는데, 나는 방금 내 머리를 만진 게 뒤뒤의 손일 거라고 생각했다. 그게 착각이었다는 걸 알았고, 그렇게 나 역시 뒤뒤를 좋아한다는 걸 깨달았다. 우리는 등대섬을 향해 걸어가고 있었는데, 밀물과 썰물이 교차하는 그 지점에서 이미 멀어져 있었다. 바다가 바닥을 드러냈던 시간이 끝나가고 있었다. 바닷물이 몇 겹씩 들어오는 걸 보면서 내가 말했다.

"나도 너 좋아해. 그래도 사귀진 말자."

"……왜?"

"내가 볼 때 사귀는 건 본품이 아니거든."

본질,이라고 말하려던 게 본품으로 잘못 출력된 건데, 뒤뒤가 그걸 이렇게 받아쳤다.

"그럼 사은품으로는 어때?"

"본품이 뭔지는 알고 있어?"

뒤뒤는 잠깐 "음" 하더니 대답했다.

"함께 걷는 거. 우린 계속 산책할거야. 그게 본품이야."

흐음. 나는 뒤뒤의 구성이 꽤 마음에 들었던 것 같다. 그게 표정에 드러났는지, 뒤뒤가 "제품이 마음에 드시죠?" 하면서 날 가볍게 웃겼다. 나는 달리 할 말을 찾지 못하고, 손을 내밀어 뒤뒤의 손을 잡았다. 우린 다시 뭍을 향해 걷기 시작했다. 나는 이런저런 말을 덧붙였는데, 절대 사은품을 급하게 보내지 마시라, 본 제품만으로도 충분하다, 괜히 오늘부터 날짜 헤아리지 마라, 와 같은 거였다. 그러다가 이런 말도 툭 내뱉었다.

"손잡고 걷는 거 참 좋아. 그치?"

그 말에 뒤뒤가 깜짝 놀랐다는 표정을 지으며 대꾸했다.

"어머, 넌 손을 잡았어? 난 손이 아니고 발을 잡았을 뿐인데!"

185

"이게!"

우리는 서로 등짝을 때리면서, 도망가고 뛰어가면서도 절대 손은 놓지 않았다. 그러니 우리의 도망과 추적과 그 모든 건 길어야 2미터를 넘지 않는 범위의 것이었다. 뛰는 동안 나는 '고백'이란 단어에 대해 새로운 정의를 찾아냈다.

고백

— 폐활량 증가에 도움이 된다.

— 몸 안에 새 공기가 들어오는 일. 어떤 '환기' 시스템.

집에 오니 뉴스가 기다리고 있었다. 며칠 후면 드디어 잔꽃 마을의 대공사가 시작된다는 것. 몬스터를 잡으려던 사람들의 관심이 모두 유해 폐기물로 번져온 건 아니었지만, 그래도 원인 제공자들이 어떻게 책임을 지는지 보는 눈이 이전에 비해 많아진 건 사실이었다. 그 때문인지는 몰라도 여러 사람들이 사과 릴레이를 했다. 둘째와 막내에게 인터뷰 요청이 들어오기도 했는데, 엄마가 거절했다. 관심이 고팠던 적이 있지만, 또 이렇게 몰리는 관심은 무서웠다. 간혹 과격한 댓글을 보면 이게 이슈화되길 바랐던 마음과는 별개로 퍼뜩 무서운 생각이 들곤 했다. 개학이 두려웠다. 전교에서 한두 명만 알아도 결국은 다 퍼지는 게 학교의 구조니까. 기자는 너무 걱정하지 말라고 했다. 유효기간이 길어서 문제가 된 경우보다 그 반대 경우가 늘 문제라고.

친구 하나는 우리와 관련된 기사를 읽고 "못된 놈들은 다 죽었으면 좋겠어. 벌받을 거야"라고 메시지를 보냈다. 나를 위로하려는 의도는 고마웠으나 마음이 무거워지기도 했다. 누군가 자살이라도 해야 이 사태가 마무리되는 것 아니냐는, 그런 댓글도 읽었던 것이다. 정해진 표적이 있었던 건 아니었지만, 마티 할머니의 말대로 우리 가족은 좀 애매한 지점에 놓여 있었으니. 아빠가 그런 댓글을 보지 않았으면 좋겠다고 생각했다.

어느 아침에 앞 동, 루의 창문을 보다가 몇 번이나 눈을 비빈 것도 같은 맥락이었다. 블라인드가 걷힌 채였는데, 거기에 넥타이를 맨 와이셔츠 하나가 매달려 있었다. 처음에 봤을 때는 마치 와이셔츠 입은 사람이 매달려 있는 것처럼 보였던 것이다. 자세히 다시 보면, 그저 와이셔츠와 넥타이였는데 말이다. 루는 또 어떤 제사에 가는 걸까, 그 생각이 든 건 오래전에 아빠가 했던 말이 떠올라서였다. 센터에서 1년에 한 번, 실험 동물을 위한 위령제를 지낼 때 꼭 검은 양복에 검정 넥타이까지 갖춰 입고 오는 사람이 루라고 했다. 루는 그런 사람이었다.

공사 하루 전날, 우리 셋도 부모님을 따라나섰다. 반대할 줄 알았는데 '잠깐'이라는 전제하에 우리의 잔꽃마을행이 허락되었다. 아무래도 낙서에서 이 모든 움직임이 시작된 걸 엄마가 인정해준 것 같아서 우리 셋은 실컷 들떴다. 우리 셋은 저장고의 자물쇠를 풀고, 그 안의 것들을 선별해서 버리기로 했다. 지하 저장고는 그동안 임무를 성실히 수행했다. 어찌 보면 비소와 가장 가까운 위치에 있는 공간이었지만, 자물쇠 달린 빈 공간 하나가 있다는 사실이 우리 셋에겐 꽤 안심이 되었다. 그 안에 뭐 특별한 걸 넣어둔 건 아니었어도. 내일이면 없어질, 오늘까지만 유효한 공간, 마당에 흉터처럼 남은 그 문짝.

저장고 문을 여는 데 세 시간이 걸렸다. 우리가 걸어둔 자물쇠들은 이미 과자 부스러기처럼 바닥에 떨어져 있었다. 그 것도 놀라웠지만, 아무 잠금장치도 없는 문을 여는 데 세 시간이나 걸렸다는 게 더 놀라웠다. 왜 그랬을까. 저장고 내부에서 자물쇠를 걸어두었던 것이다. 결국 그 문을 완전히 부수고서야 들어갈 수 있었는데, 그 안에는 이미 누군가가 있었다.

낮은 탄식, 나가라고 말하던 소리, 119를 외치던 소리. 내가 어둠 속 검은 물체에 초점을 맞추는 데는 그리 오랜 시간이 걸리지 않았는데, 내 눈보다 조금 더 빠른 손이 시야를 가렸

다. 엄마였을 것이다. 아빠였거나. 나는 아무것도 보지 못했다
고 생각했지만 그렇지도 않았다. 어떤 순간은 속도와 순서를
초월해서 통째로 각인된다. 나는 그걸 '모든 게 정지한다'고
말한다.

23

그 둥근 문은 이 세계의 마지노선인 양 꿈쩍도 하지 않았다. 움직이지 않는 문을 억지로 뜯어내는 동안, 그 너머가 완전히 진공상태 아닐까 생각하게 될 정도였다. 우리의 자물쇠들이 바닥에 지푸라기처럼 가볍게 흩어져 있었는데도, 나는 저장고 안에 누군가가 들어갔을 거라는 생각을 얼른 하지 못했다. 문을 뜯어낸 다음 아빠가 먼저 저장고 안으로 내려갔다. 그리고 문을 뜯어내는 걸 도왔던 구청 직원, 엄마, 그다음 나. 우리는 기차처럼 일렬로 내려갔는데, 아빠가 멈춰 섰다. 그 앞에 이미 탈선한 객차 하나가 있었던 것이다.

아빠의 고함에 나는 계단을 다 내려가지도 못했다. 지하도 아니고 지상도 아닌 채로, 엉거주춤 멈춰 선 그 찰나에도 내 눈에 들어온 게 있었다. 검은 물체 – 기둥처럼 보였다. 우습게도, 컨테이너로 급조된 그 저장고 안에 기둥 따위가 있을 리 없는데도, 나는 그걸 검은 기둥으로 봤다. 엄마가 나를 돌려세우며 내 눈을 가렸고, 내 등을 반대쪽으로 떠밀었고, 그렇게 암전이 됐다.

그다음부터는 연속적인 시간이 아니라, 시간이 의도적으로 잘라낸 파편을 줍는 것 같았다. 모든 게 툭, 툭, 끊어졌다. 내 머릿속에는 '진자 운동' 같은 단어가 남았는데, 왜인지는 나도 모르겠다. 단지 무언가가 조금씩 좌우로 움직이던 느낌. 아니다. 그건 기둥이었다. 움직이지 않았다. 엄마가 119에 전화를 걸 때까지도, 나는 저 안에 매달린 게 사람이라는 걸 믿을 수 없었다. 그건 기둥이었다. 제발, 기둥이었다. 곧 저장고 안에서 쿵, 무언가가 바닥으로 떨어지는 소리가 들렸다. 언젠가 이 마당으로 매미 껍질이 추락하던 소리만큼이나 비현실적이었다. 배롱나무가 그 소리를 기억한다는 듯 나를 쳐다봤다. 엄마가 나를 향해 뭐라고 말했는데 세상에, 소리가 들리지 않았다. 마치 물속에 있는 것처럼.

마티 할머니가 내게 다가와 뭐라고 하는 것도 역시 소리 없는 율동으로만 보일 뿐이었다. 할머니는 입술도 아주 얇고 입도 아주 자그마했는데, 어쩐 일인지 입을 아주 크게 확장하고 있었다. 주름살이 다 없어질 만큼 크게, 크게, 그러다가 갑자기 오므라들며 소리를 냈다. 내 귀를 뚫고 들어올 만큼 또렷하게 그 말이 들렸다.

"우리 집으로 가자."

시간은 시각이 아니라 청각의 지배를 받는 걸까. 막혀 있던 배수구가 뻥 뚫려 고인 물이 빠져나갈 때처럼 시간이 빠르게 소용돌이쳤고, 다시 흐르기 시작했다. 할머니는 줄기가 가느다란데도 잘 흔들리지 않는, 꼬장꼬장한 나무 같았다. 그 나무를 이정표 삼아 우리 셋은 마당을 벗어났다.

마티 할머니네 소파는 아주 낡았으니, 오래전 골목 앞에서 못된 언니들을 만났을 때도 나는 이 소파에 이렇게 앉아 있었겠지. 지금은 두 동생도 함께였다. 저장고 안으로 들어오지 못한 동생들은 아무것도 보지 못했지만, 불안이란 건 눈으로 보는 게 아니라 코로 맡는 것에 가까웠다. 어떤 기운을 미리 감지한 것인지 둘째와 막내의 눈가에 눈물이 그렁그렁했다. 막내가 "도둑이야?" 하고 물었다. 나는 그렇다고 대답했다. 멀지 않은 곳에서 구급차가 맹수처럼 으르렁거리며 다가오는 소리가 들렸다. 둘째가 "누가 다친 거야?" 하고 물었다. 나는 고개를 가로저었다. 다치지 않았다는 게 아니라, 나도 모른다는 뜻이었다.

"나 때문이야? 문 꼭 잠그고 나왔는데. 응?"

둘째가 울먹이면서 말했다. 우리 셋이 이 골목에 다녀가고 며칠 후에 또다시 이 골목에 왔었다고 말이다.

"혼자 여기 왔었다고?"

"현철이랑, 승호랑, 여기서 만났어."

둘째의 이 동네 친구들이었다. 나는 둘째가 혼자서 잔꽃마을에 다녀갔다는 게 믿기지 않았는데, 이제 와서 생각해보니 유독 꼼꼼하게 저 집에서 이 집으로 오는 길에 대해 되새김질했던 게 다 이유가 있었던 것이다. 둘째는 다시 한 번 지롱이를 잡으러 왔었다고 했다. 결국 잡지는 못했지만. 둘째는 울먹이기 시작했다.

"정말이야, 자물쇠도 세 개 다 똑바로 확인했고, 열쇠도 애들이 망봐줘서 사람들 없을 때 내가 숨겼는데."

"알아. 너 잘못 아닌 거."

나는 잠시 후에 이렇게 덧붙였다.

"며칠 전에도 아빠가 다녀가셨는데 그때 멀쩡했대. 걱정하지 마."

둘째의 표정에 안도감이 어렸다. 아빠가 다녀가신 건 거짓말이었지만, 둘째가 문을 허술하게 열어두고 나온 게 아님을 아는 사람이 있었다. 실은 나도 저장고 문을 열어봤던 것이다.

불과 며칠 전에. 그러니 오늘 이전에 저 저장고를 들여다본 사람은 내가 마지막이었을 것이다. 뒤뒤와 함께였다. 나는 뒤뒤에게 저장고 안에 웅크린 우주를 보여주고 싶었다. 문을 열면 빛의 통로를 따라 먼지들이 은하계를 이루기도 한다는 것, 단지 조금 더 아래라는 이유로 피부에 닿는 공기도 꽤 서늘해진다는 것. 그때 저장고 안엔 누구도 없었다. 다시 나올 때 자물쇠 세 개를 똑바로 채웠던 것도 분명히 기억한다. 친구와 저장고를 같이 봤다는 얘기를 엄마에게 털어놓았는데, 엄마는 내가 둘째에게 그랬던 것처럼 말해주었다.

"네 잘못이 아니야. 공간이 문제겠니, 그게."

부모님은 그 죽음에 대해 입을 다물었지만, 나는 인터넷 기사를 통해 남은 이야기들을 읽었다. 저장고에서 발견된 낯선 침입자는 센터에서 배출되는 폐기물을 총괄하는 사람이었다. 그의 유서엔 "제 몫의 책임을 지기 위해서"라고 적혀 있었다. 확실한 건 그가 죽음으로써, 최근에 센터가 연관된 일련의 사태에 대해 담당자가 자신임을 증명해냈다는 것이다. 센터 안팎의 모두가 암묵적으로 기다리던 그 책임자 말이다. 단지 그가 루라고 생각하면, 루라면, 모든 게 돌연 낯설어졌다. 그가 몇 줄 기사로 남았다는 게.

루의 유서에 나열된 사건이 모두 세 개였는데, 다른 두 개는 모르겠고, 내가 아는 건 우리 집 일뿐이었다. "제가 비소에 오염된 동물 사체를 직접 운반했습니다"라고 적혀 있었다. 루를 처음 본 날, 그가 우리에게 다가와 했던 말은 "뭐라고 했지? 누가 죽었다고?"였다. 나야말로 그렇게 되묻고 싶었는데 대체 어디로?

기자가 해준 말대로 그런 짧은 마디와 마디가 모여서 모든 일이 벌어지는 거라면, 루에게도 잘못이 있었다. 그러나 자루를 운반한 사람이 저렇게 벌을 받으면, 자루의 행방을 결정했던 사람들은? 수거하겠다던 약속을 지키지 않은 사람들은? 그 사람들도 아파해야 하지 않은가. 모두가 '제 몫의 책임'을 져야 하지 않은가.

눈을 돌려 오른쪽 창밖을 보면, 같은 사이즈로 나열된 액자들 중에서 꼭 하나─내가 가장 많이 바라봤던 그 창문이 새까만 암흑으로 멈춰 있었다. 나만의 사전을 펼쳐 '루'에 대해 적어보려고 했지만, 그 페이지는 그저 축축하게 젖기만 했다. 발음하면 자꾸 눈물이 나서 사전을 찾아보니 정말 그 '루'라는 말에 눈물의 의미가 있었다.

"지금은 천천히 흐르지? 앞으로 시간이 점점 빨리 흘러갈 거야."

언제였지. 언젠가 루가 그렇게 말한 적이 있었다.

"지금 이렇게 한 장 한 장 읽고 있는 거라면, 나중에는."

루는 그렇게 말하면서 책을 한 장씩 넘겼고, 어느 시점에서는 남은 분량을 뭉텅이로 잡고 후루룩 넘겨 보였다.

"이렇게 지나가지."

그러더니 다시, 양손으로 책의 양 끝을 잡고 한끝에서 다른 한끝까지 질주하듯 넘겼다. 책장 사이에서 바람이 불어올 수 있는 속도로. 아마 잔꽃마을 집에서였을 것이다. 막내가 네 살, 혹은 다섯 살이었을 때. 딱히 웃긴 장면은 아니었는데 막내는 루가 책을 넘길 때마다 깔깔거렸다. 말끔한 손님이 우리를 위해 쇼를 한다고 생각한 건지도 몰랐다. 책은 펼치는 각도에 따라 아코디언처럼 보이기도 했고, 꽉 다문 입술처럼 보이기도 했다. 막내가 웃거나 말거나 루는 나를 보며 말했다. 어른이 되면 한 장씩 페이지를 넘길 짬도 없어진다고.

루의 시간은 이제 완전히 멈췄다.

내가 그를 사람으로 보지 못하고 기둥으로 본 건 착각이었지만 어떤 면에서는 진실이기도 했다. 그 사람을 빼내고 나자, 그 공간은 마침내 무너져버렸으니까. 저장고만을 두고 하는 얘기는 아니다. 우리 마당의 오염을 제거하는 큰 공사가 시작되었지만, 우리는 그 공사가 끝나도 그 집으로 돌아가지 않을 것이다. 사용 기한이 남았지만 엄마는 하루빨리 사택을 떠나자고 했다. 이제야 비로소 정말, 이사를 해야 했다.

방학이 끝났고, 나는 놀랍게도 평소처럼 학교에 갔고, 이 일에 대해 아는 아이가 거의 없다는 게 예상 밖이었고, 누구도 내게 뭔가를 묻지 않아서 조금은 안도했고, 그러다 학교로 가던 버스 안에서 왈칵 눈물이 터져 목적지에 닿기 전에 내리기도 했다. 여전히 경유 노선을 택하고 있던 뒤뒤가 나를 따라 내렸다. 내리고 보니 거대한 해바라기밭의 초입이었다. 절정을 조금 넘긴 해바라기들. 얼굴 가득 까만 씨를 박고, 노란 머리카락 몇 올을 겨우 달고, 그들은 서 있었다. 누군가를 기다리는 것도 같았고, 기다리는 이유를 망각한 듯도 했다.

24

여름이 끝났다. 그 골목에는 "잔꽃마을 재건 공사"라는 안내문이 붙었다. 재건이라는 말이 불러오는 이중적인 감정(우리는 이미 무너졌고, 다시 일어설 것이다)이 지금 내 마음과 겹쳤다. 제일 먼저 허물어진 건 우리 집 담벼락이었을 것이다. 거기엔 3년 된 채송화부터 슈퍼지렁이, 지롱이가 그려져 있었고, 내가 작게 끄적였던 문장— '안에 사람 있어요'도 있었다. 그걸 적을 때의 마음을 떠올려보면 지금과는 너무 먼 거리에 있었다. 이제 '안에 사람 있어요'를 떠올리면 무서워지고 슬퍼졌다. 혹시 루도 그걸 봤을까.

공사 과정에서 좋은 뉴스와 나쁜 뉴스가 생겼다. 나쁜 뉴스가 더 생길 수 있다는 게 믿기지 않았지만 그래도 나쁜 뉴스를 먼저 듣기로 했다. 판도라의 상자에서 희망이 꼴찌로 나온 건 다 이유가 있는 거니까.

나쁜 뉴스는 폐기물을 담은 컨테이너가 지하 10미터가 아닌 지하 7미터 지점에 있었다는 거였다. 생각보다 더 가까운 거리에 있었던 것이다. 사물이 보이는 것보다 더 가까이 있습니다—차 조수석에 탈 때마다 눈에 들어오던 그 활자들이 떠올랐다. 사이드미러마다 적혀 있는 바람에 도로 위를 가장 자주 달리는 문장이 된 셈인데, 그 내용이 운전할 때만 적용되는 건 아니었다.

좋은 뉴스는 지하에 묻혀 있던 게 자루들만이 아니었다는 것이다. 아래에 있던 컨테이너를 들어 올렸을 때, 그 안에는 이 일과 관련된 서류 한 장이 마치 택배 운송장처럼 들어 있었다. 지퍼백 안에서 습기와 시간과 싸우면서. 아빠는 본 적도 없는 서류였는데, 거기엔 모두 세 사람이 서명한 흔적이 있었다. 한 명은 이전에 좌천된 소장이었고, 다른 두 명도 임원급이었다. 루가 이 모든 일의 책임자였다는 식으로 말하던 센터의 주장과 정면으로 배치되는 것이어서 기자가 흥분했다.

오래전에 좌천된 소장(소장1이라고 칭한다)은 자신도 보고를 받았을 뿐, 누가 지시를 처음에 내렸는지는 알지 못한다고 했다. 다른 두 명도 실제로 자루를 육안으로 본 적이 없었다고 말했다. 단지 그들은 보고를 받았고, 그 비소로부터 한참 떨어진 책상에 앉아 보고를 더 아래로 전달했을 뿐이다. 다음 칸으로, 또 다음 칸으로 전달하는 게 업무의 전부라고 믿는 게 편했을지도. 브레이크 페달이 오래전에 거세된 사람들처럼. 그들은 자루를 본 적도 없다고 말했지만, 실제로 자루들이 그들의 이름표를 달고 나옴으로써 출처를 모두에게 알린 셈이 되었다.

서류를 그 안에 넣어둔 이가 누구였을까, 그것도 궁금했지만 종이 몇 장이 뭘 바꿀 수 있을까도 궁금했다. 나는 약간 회의적인 기분이 되어 있었는데, 그 종이 몇 장이 흐름을 바꾼 게 예상 밖이었다. 그 서류가 조금만 더 빨리 나왔더라면, 그랬다면. 그러나 그건 결국 자루를 들어내고서야 가능한 일이었다.

서류에 서명한 사람들을 포함해서 두어 명의 책임자가 더 수면 위로 끌려 나왔다. 슈퍼지렁이를 모른 척했던 소장(소장2라고 칭한다)이 자신이 부임하기 전에 이미 벌어졌던 일이라며 억울함을 호소했으나 그 역시 책임을 피할 수 없게 되었다. 그들은 법의 심판을 받을 것이다. 센터의 임원진이 모두 교체되었고, 소장(소장3이라고 칭한다)이 새로 왔다. 센터에 새로 부임한 소장은 앞으로 악순환의 고리를 끊기 위해 노력할 거라고 말했다. 뒤틀렸던 모든 걸 바로잡아 지역민의 신임을 얻는 걸 최우선 과제로 삼고 있다고도 말했다. 그는 아빠의 사표에 어떤 외압도 있었음을 충분히 짐작한다면서 우리 가족을 만나고 싶다고 했다.

가끔 두 동생이 부러웠다. 루가 죽은 걸 몰랐고, 어차피 루의 빈자리도 느끼지 못할 테니까. 저 앞 동 어느 창문에서 더 이상 아무런 불빛도 새어 나오지 않는다는 사실이 버겁지도 않을 테고. 그러나 완벽한 밀폐라는 게 가능할까, 냄새의 입장에서 그건 단지 방향 같은 것이었다. 정말 완벽하게 밀폐할 수 있는 건 없다. 이런 생각을 하게 된 건 막내의 그림 때문이었다.

언젠가 안내문으로 본 적 있었던 어린이 그림대회가 열렸고, 많은 유치원들이 단체로 참가한 모양이었는데, 놀랍게도 막내가 2등을 했다. 수상작을 포함한 몇 점의 그림들이 크리스마스 때까지 등대 전망대 1층에서 전시될 거라고 했다. 하필이면 그림대회의 주제가 어린왕자라는 게 좀 공교롭긴 했지만, 막내의 수상 소식은 우리 식구들에게 오랜만에 싱거운 농담을 하게 했다. 아빠는 어릴 때 꿈이 화가였던 적이 있었다면서 아빠의 영향일 거라고 말했다. 엄마는 고등학교 때까지 미술을 전공하고 싶었던 사람이라고 했다. 그러니 엄마의 영향일 거라는 말이었다. 막내는 사랑받는 걸 제 스스로 인식하고 있는, 그런 표정을 지었다. 사실이 그렇기도 했고.

전시회가 시작되고 첫 주말, 우리 식구는 모두 차 한 대에 올라타 등대 전망대를 향해 갔다. 가는 동안 우리는 전시회가 왜 크리스마스 때까지 지속되는지에 대해 얘기했다. 별로 중요한 질문은 아니었지만, 둘째가 궁금해했고, 우리에겐 이런 소소한 질문이 필요했다. 아빠는 도시의 레이아웃을 들먹였다. 무슨 공사 때문에 내년 초부터는 달라지는 것이 있으니, 그에 맞춰 올해 말까지만 하는 거란 얘기였다. 엄마는 보통 세달 정도씩 많이 한다고 말했다. 아무래도 내 것이 정답인 듯싶었다. 나는 생텍쥐페리의 『어린왕자』 삽화가 원래 크리스마스 선물로 시작되었다는 말을 책에서 읽은 적이 있었다.

"그러니까 크리스마스 선물 같은 거지! 너 산타가 된 거야."

막내는 어깨에 뽕이라도 집어넣은 것처럼 한껏 우쭐해졌는데, 한 시간 후 나는 크리스마스와 연관 지은 걸 후회했다. 막내의 그림은 크리스마스 선물로 적합하지 않은 그림이었던 것이다. 다른 사람들은 어떻게 보는지 몰라도 적어도 우리 가족에겐 적합하지 않았다. 그 그림을 보는 순간 숨이 막혔다. 막내가 그린 어린왕자는 필요 이상으로 길게 늘어진 스카프를 두르고 있었다. 아니, 그건 두르고 있다기보다는 스카프에 매달려 있다고 해야 할 정도로 기묘했다. 어린왕자는 허공에 떠 있었고, 절대 날고 있는 것처럼 보이지 않았다. 심사위원은 그 그림을 두고 '어린왕자의 비상을 익살맞게 표현했다. 아이다운 발상이 돋보이는 그림'이라고 평했다는데, 내게는 저 노란 스카프가 흉기처럼 느껴졌다.

그림에서 눈을 뗄 수가 없었다. 나는 저렇게 천에 목이 졸려 죽은 사람을 둘 알고 있었다. 하나는 이사도라 던컨. 그녀는 막 출발하는 자동차 바퀴에 스카프 자락이 걸려서 죽었다. 다른 하나는 우리 저장고 안의 그 사람. 고개를 돌려 옆을 보니 엄마가, 엄마가 가까스로 서 있는 것처럼 보였다.

한동안 나는 '해적판의 원형'을 찾고 있었다. 해적판이라는 것 자체가 불법 복제된 것인데, 어떤 사람들에겐 그 해적판이 고스란히 원본이 되기도 하는 것이다. 나와 뒤뒤에게 그랬다. 우리는 서울부터 부산까지, 중고책 파는 곳에 글을 남기거나 전화를 걸어보곤 했고, 그렇게 어린왕자 해적판을 가진 곳들의 지도를 나름대로 그려보았다. 그러나 이 모든 것도 그날 이후 멈췄다. 나는 루가 죽은 이후로 그 책을 찾는 걸 그만두기로 했다. 그가 일부러 버렸다는 두 페이지에 대해 알기가 겁났던 것이다. 그래서 어느 날 뒤뒤가 "드디어 찾았어!"라고 했을 때 그냥 묻어두자고 했다. 알고 싶지 않았다. 두려움은

호기심도 잡아먹는다.

그런데 가끔은 내가 거부한 페이지가 바람에 날려서 눈앞에 떡하니, 그 두 장이 세계의 전부인 양 펼쳐지기도 했다. 전혀 예상 못 한 경로로. 막내는 누구의 죽음도 직접 본 적이 없지만, 그 애의 그림을 보면 우연과 천진난만함이 빚어내는 잔인함에 대해 생각해보게 되는 것이다. 막내는 집에 돌아오자마자 엄마에게 크게 혼이 났다. 신나서 방방 뛰다가 집의 화분 몇 개를 엎어버렸기 때문이었는데, 사실 그 이유가 전부는 아닐지도 몰랐다.

우리는 이제 각자 마음에 구멍 하나를 뚫고, 저장고를 만들었다. 끌어 올리지 않았으면, 하는 것들을 그 안에 넣고 자물쇠를 걸었다. 물론 도로를 달리는 그 문장처럼, 모든 게 보이는 것보다 더 가까이 있을 가능성은 늘 있다.

25

책임자로 정리된 사람들은 잔꽃마을 사람들에게 정신적, 물질적으로 최선을 다해 보상하겠다고 말했고, 그 방편 중 하나가 그 일대를 사들이는 거였다. 우리도, 마티 할머니도 집을 팔기로 했다. 비소는 공기 중 어디에나 떠도는 것이며, 땅을 파서 그런 게 안 나오는 곳이 있으면 손에 장을 지진다,는 댓글이 따라붙을 만큼, 우리 골목 사람들이 받은 보상이 너무 과하다는 지적도 있었다. 그러나 선택하라고 한다면 누구도 애초에 아무 일이 없는 쪽을 택하지 않을까. 위안이 되는 건 내가 자라왔던 그 골목이 거대한 꽃밭의 일부가 될 거란 사실이었다. 센터와 지자체가 함께 세운 재건 계획 중에는 2만 평에 가까운 해바라기밭도 포함되어 있었다.

골목뿐 아니라, 우리 가족도 재건 중이었다. 엄마는 우리의 새 집을 알아보고 있었고, 주택관리사 시험에 한 번 떨어졌지만 다시 준비하고 있었고, 센터에서는 아빠에게 복직을 제안했다. 잘못된 관행을 바로잡고 다시는 이런 일이 재발하지 않도록 도와달라면서. 아빠는 고민에 빠졌다. 좋은 방향으로 생각해달라고, 소장3이 말했다. 그는 우리 가족을 사무실로 초대해 앞으로의 계획에 대해 설명하기도 했다.

"흙은 세 차례에 걸쳐 정화 작업을 마쳤습니다. 잔꽃마을 일대를 해바라기밭으로 조성하는 게 적합하다는 결론을 내렸고요. 해바라기가 중금속으로 오염된 토양을 정화하는 데 큰 도움이 된다고도 하고, 또 이 시의 상징이기도 하니까요."

센터의 새 임원 몇 명, 그리고 구청에서 몇 명, 기자 몇 명도 함께였다. 마티 할머니도 있었다. 어느 소속이었는지는 몰라도 누군가가 체르노빌에서도 해바라기밭이 오염된 땅을 정화하는데 효과적이었다고 말했다. 해바라기의 능력을 보여주기 위한 의도는 잘 전달되었지만, 자칫 의도하지 않은 것도 읽힐 수 있는 말이었다. 그러니까 시비를 걸자면 충분히("그러니까 여기를 체르노빌처럼 만들었다는 거죠?") 걸 수 있었지만, 나는 잠자코 있었다.

그 눈치 없는 어른은 자신도 어릴 때 흙을 밟으며 자라서

마당이 얼마나 귀한지 안다고 했다. 양계장을 했던 터라 닭들
의 생태도 아주 잘 알았다고 했다. 분위기를 부드럽게 한답시
고 이런 말을 꺼내기도 했다. 목 잘린 채 돌아다니던 닭 정도
는 부지기수로 봤다던가. 그 입을 좀 때려주고 싶었다. 섬세하
지 못한 사람들 같으니라고. 애초에 별 기대가 없었기 때문에
실망하지도 않았다. 다만 시끄럽고 피곤할 뿐이었다.

해바라기는 그렇게 시끄러운 마음을 정화하는 데도 도움
을 주는 것 같았다. 지난 계절의 끝에 봤던 그 해바라기들을
떠올려봤다. 그게 아름다웠던 이유는 군락을 이루고 있어서
였다. 2만 평이라니, 가늠이 되지 않았지만 노란 무리가 빳빳
하게 고개를 쳐드는 상상을 하는 건 좋았다.

"유나 생각은 어때요? 마음에 들어요?"

소장3은 아까부터 우리에게 존댓말을 했다.

"좋아요. 그런데, 어떻게 믿어요? 이렇게 될지, 아닐지."

내 말에 허허, 하고 소장3이 웃었다. 다른 누군가가 여기에
얼마나 많은 예산이 들어갔는지에 대해 얘기했다. 얼마나 많
은 인력과 신기술이 투입되었는지도.

내가 말했다.

"남의 집에 물을 엎질렀으면, 그 자리를 닦는 건 당연한 거
아니에요? 그걸 천 원짜리 걸레로 닦든 천만 원짜리 기계로

닭든, 뭐, 생색낼 건 아니죠."

엄마가 내게 가만히 있으라는 신호를 보냈지만, 내 입은 오히려 조금 늦게 열린 편이었다. 식도 아래, 배꼽 아래, 항문 아래, 모르겠다, 인간에게도 보이지 않는 뿌리 같은 게 있다면 그 뿌리에서 부릉부릉, 시동을 거는 느낌이 나고 있었다.

"중딩들도 그 정도는 아는데요."

허허, 하고 소장3이 또 웃었다. 몇 사람이 따라 웃었고, 몇 사람은 웃지 않았다. 몇 사람은 나를 음지에서 지나치게 웃자란 식물처럼 쳐다보고 있었는데, 그 표정은 굳이 분류하자면 안타까움이나 동정이나 연민에 가까웠다.

"얘가 책을 좀 좋아해서."

엄마가 또 그 말을 했다. 그게 뭐 어쨌단 말인가. 엄마가 소장2의 차를 들이받은 걸 잊었냐고, 그 말이 튀어나오려는 걸 참았다. 그러니까 이렇게 산통 깨는 말을 하는 건, 아니 할 말은 해야 하는 건, 책 때문이 아니라 유전자 때문인 것이다.

"따님이 아주 야무지네요, 공부도 잘하죠?"

목 잘린 닭 얘기를 한 어른의 말이었다. 나는 공부 못한다, 공부 못하면 이런 말도 못 하냐고 말하려 했는데, 둘째가 내게 재빨리 귓속말을 했다. 귓속말임에도 잘 들리지 않았지만, 그냥 가만히 있으라는 종류의 말 같았다.

이번에는 소장3이 내게 눈을 맞추며 말했다.

"못난 어른들이 한 일에 대해 진심으로 부끄럽게 느끼고 있어요. 미안합니다. 상처가 컸을 거예요. 제가 이미 벌어진 일들, 그리고 앞으로의 일들에 대해 책임지고 처리할 거니 믿고 맡겨주겠어요?"

소장3은 확실히 소장2보다 나아 보였지만, 뭐든 확실한 게 좋았다. 나는 그에게 말했다.

"저기. 명함 한 장만 주세요."

"명함?"

소장3은 아직 새 명함이 나오지가 않아서 어쩌지, 하고 중얼거리더니 내게 옛 명함을 내밀며 메일 주소나 휴대전화 번호는 똑같다고 말했다. 해외에서 왔다더니 소장3의 옛 명함에는 알파벳이 가득했다. 내게 필요한 건 현재의 자리여서, 옛 명함은 불필요했다. 소장3은 준비물을 가져오지 않아 혼나는 학생 표정이 되었다. 그는 지금의 명함을 미처 준비하지 못한 것에 대해 사과한 후, 명함이 나오는 대로 바로 보내주겠다고 했다. 엄마와 아빠는 이러지도 저러지도 못 하고 있을 게 분명했다. 두 분이 '너 집에 가서 혼날 줄 알아'와 같은 표정을 짓고 있을 것 같아서 애초에 그쪽을 쳐다보지도 않았다.

그때 저 책상 위에 놓인 명패가 눈에 들어왔다. 거기에 '소장 김종수'라고 적혀 있었다. 명함은 아직 오지도 않았으면서 명패는 뭐 저렇게 빨리 와 있담, 하는 생각이 들었는데 명패가 내게 윙크를 해오는 것 같았다. 저기서 나를 기가 차다는 듯이 보고 있는 몇몇 어른들 때문에 더 보란 듯이, 이 주도권을 놓치고 싶지 않았다. 이게 피구라면 지금 공은 내 가슴팍에 와 있는 것이고, 나는 우리 편을 지켜야 했다. 내가 이 팀의 에이스인 것처럼, 단지 생존자로 살아남은 게 아니라 상황을 전복시킬 히어로처럼, 나는 벌떡 일어났다. 그리고 휴대폰을 꺼냈다.

"명함 말고, 그럼 사진 좀 찍어도 될까요?"

소장3은 "물론입니다"라고 대답했는데, 내가 저쪽으로 가서 그의 책상 위에 있는 명패를 들고 오자 다소 놀란 듯했다. 내가 한 손으로 그 명패를 소장3의 턱 아래에 두고, 다른 한 손으로 휴대폰 버튼을 조작하려 하자 동생 둘이 벌떡 일어나 명패의 양 끝을 잡으려고 했다. 소장3은 허허, 하고 웃었다. 엄마와 아빠는 어쩔 줄을 몰라했는데, 그때까지 별말도 없던 마티 할머니가 이 상황을 간단히 정리해버렸다. 꽤 새겨들을 만한 말이었다.

"웃으쇼. 이왕 찍는 거."

나는 열심히 내 폰에 소장3의 사진을 담았다. 그의 상반신과, 돌에 새긴 직함과 이름을. 찰칵, 찰칵, 한 30장은 넘게 찍은 것 같았다. 누군가가 내게 뭐라고 하면 '아니, 이게 총도 아닌데 뭘 그러세요'라고 대꾸하려고 했지만, 준비된 상황까지 흘러가진 않았다. 그즈음 되었을 때는 누구도 우리를 말리지 못했다. 소장3은 할머니의 주문대로 웃고 있었고, 심지어 본인 스스로 명패를 들고 있기도 했다. 나는 촬영을 끝낸 후 이렇게 말했다.

"이래야 안심이 돼서요."

사실이었다. 휴대폰에서 나는 셔터음이야말로, 우리가 지금 이 순간을 박제하고 있다는 사실을 잊지 않도록 도왔다. 다행스러웠다. 뭔가 도장을 찍는 것 같지 않은가. 이 순간에 대해서. 나중에 둘째가 휴대폰 속의 사진을 들여다보면서 말했다.

"근데 이걸로 뭘 하게?"

"기억해야지. 우린 똑똑히 보고 듣고 기억해두면 돼."

"뭘?"

"지금을."

26

나만의 사전에 '원심력'을 추가했다. 우리 마당의 흙에서 비소 입자를 걸러낼 때 사용된 힘이 원심력이라고 했는데, 원의 중심에서 멀어지는 방향으로 간다던 그 말이 오래 마음에 남았다.

원심력

— 마당을 벗어나는 방법.

생각해보면 원심력에도 이중적인 의미가 있어서, 밖을 바라보고 있지만 여전히 그 중심점을 의식할 수밖에 없는 것이다. 우리는 비로소 그 마당을 떠나게 되었지만, 마당을 아주 잊을 수는 없을 게 분명했다. 어디로 가든 마당으로부터 얼마나 떨어졌는지를 가늠하며 계속 마당을 의식할 테니. 그런 식으로 말하자면, 우리가 이사 갈 새 집은 옛 마당에서 차로 40분쯤 걸리는 곳에 있다고 했다. 더 멀리 가지 못한 건 식구 모두가 얽혀 있는 기존의 동선 때문이었다. 그중에는 아빠의 센터 복직 문제도 있었다.

나는 아빠가 센터로 복귀하는 걸 거절할 거라고 생각했다. 아빠가 다시 센터에서 같은 일을 하는 걸 상상하는 게 어려웠으니까. 아빠에게 센터가 그 저장고 같은 공간이 아닐까 싶기도 했고. 그러나 아빠는 센터로 돌아갔다. 소장3의 말처럼 '혁신'을 믿어서일 수도, 마티 할머니 말대로 '일말의 양심' 때문일 수도, 우리 셋이 '빨간 신호등'처럼 서 있어서일 수도 있었다. 그리고 어쩌면 관성일지도 몰랐다. 어딘가를 아주 떠난다는 게 내 생각보다 훨씬 쉽지 않은 것일 수도. 우리 가족이 굳이 사택을 떠날 필요가 없어졌지만, 이사는 통과의례였다. 이사할 날짜를 잡아놓으니 그제야 긴 터널이 끝난 느낌이 들었다.

둘째가 학교에서 '누가 필기 빨리하나' 시합을 하다가 선생님한테 혼났다는 얘기를 했다. 옆에 앉은 애들이랑 칠판을 보면서 누가 빨리 필기하는지를 겨뤘는데 우승자는 둘째였다. 둘째는 어마어마한 비결이라도 된다는 듯이 말했다.

"칠판만 보면서 쓰면 되는 건데! 으흐흐. 노트 확인하려고 고개를 숙이면 늦거든. 앞만 봐야 돼."

둘째는 승리의 흔적을 보여주었는데, 엄청난 악필이 노트 위를 너울성파도처럼 휩쓸고 있었다. 노트를 벗어나 책상 위로 추락한 글자들도 부지기수였을 것이다. 둘째는 우승했음에도 불구하고 패배자들과 동급으로 꿀밤을 맞은 게 억울하다고 했지만 선생님께 혼날 만도 했다. 이 얘기를 들으면서는 뭐 그런 괴상한 시합을 하나 싶었는데, 생각해보니 그리 낯설지도 않았다. 요즘 내가 딱 그렇게 살고 있었다. 앞만 보고, 경주마처럼.

터널을 통과한다는 생각으로 가을을 보냈다. 숨을 참고, 풍경을 보겠다는 생각은 접고, 오로지 저 앞에 보이는 출구 형태의 빛만 보며. 매미가 벗어놓은 껍질을 밟는 건지, 낙엽을 밟는 건지도 모르는 채로, 그렇게 한 계절을 통과했다. 그러고 보니 어느새 겨울이었다. 모든 게 헐벗는 계절, 인간만 껴입는 계절. 겨울 역시 터널 통과하듯 달리면 되는 것 아닌가. 틈새 없이 짠 시간표가 도움이 될 테니까. 그러나 가끔 내게 똑똑, 노크하는 사람들이 있는 것이다. 기어코 내 고개를 돌려 옆을 보게 만드는 사람들, 시선을 맞추는 사람들. 이를테면.

— 첫눈이잖아!

뒤뒤의 메시지를 받고 나는 밖으로 나왔다. 거리에 눈이 어지럽게 쏟아지고 있었다. 함박눈이었는데 세상에, 첫눈이 아팠다. 마치 누군가를 구타하듯 펑펑, 이었다. 여린 사람들은 몸 안쪽까지 멍이 들 것만 같았다. 그렇지만 또 어떤 사람들은 서로 부둥켜안고 걸어간다. 가장 약한 부위를 서로에게 밀착한 채로.

열두 살 이후로 나는 책 안에 나뭇잎 같은 걸 넣지 않았다. 단지 나뭇잎이 아니어도 책 속에서 압사하는 게 많다는 걸 알아버렸기 때문이다. 책장을 하나씩 넘기면 지나간 면은 모두 공평하게 응달이 되고, 누구든 면과 면 사이에서 순식간에 압사할 수 있다. 게다가 최근에는 책 사이에서 압사한 사람을 한 명쯤 알고 있고.

루에 대해 남은 사람들은 여러 얘기를 했다. 책임, 압박감, 충동, 애인과의 결별, 여러 요인들로 루의 선택을 설명해보려고 했다. 아마 집계조차 되지 않겠지만, 나는 책 때문이라고 믿었다. 이사 갈 때는 책도 버려야 한다고 말했던 루, 머릿속에 책을 넣으라고 말했던 루, 그가 결국 머릿속 두 페이지 때문에 죽었을 거라고 말이다. 루의 선택 때문에 나는 제거된 두 페이지에 대해서 이미 결론을 내리고 있었다. 가로등 켜는 남

자가 명령을 이행하다가 고장 나는 결말을 상상했다. 어린왕
자가 스카프로 가로등에 목을 거는 모습을 상상했다. 어느 쪽
이든 흉기가 될 법한 결말이었다.

시간이 좀 지난 후, 나는 부산 보수동의 한 서점에 있었던
그 해적판의 원형을 이미 사 간 사람이 뒤뒤라는 것을 알았다.
나와 관계없이 뒤뒤도 미완성의 책을 읽었을 테니 궁금했겠
지. 그렇게 가까운 곳에 진짜 결말이 있다고 생각하자 마침내
그걸 두 눈으로 확인하고 싶어졌다. 그 마지막 책장이 내가 기
어코 열어보아야 할 어떤 문처럼 여겨지기도 했다. 그러나 막
상 뒤뒤가 그 책을 내 앞에 가져오자 단지 종이 한 장을 넘기
는 게 그렇게 무거울 수가 없었다. 그다음 페이지가 나를 달랠
수 있을 거라고는 조금도 예상하지 못했다.

사라졌던 두 페이지는 다시 돌아온 두 페이지가 되어 있었
다. 거기에는 '두두두두' 소리를 내며 날아가는 글라이더. 그
리고 그걸 바라보며 걷는 두 사람이 있었다. 갈매기들이 적당
한 간격으로 앉아 있고, 저만치서 풍력발전기의 그림자가 시
곗바늘처럼 돌아가는. 낯익은 풍경이었다. 오늘 분위기로 봐
서는 저 사람 생텍쥐페리쯤 되려나, 뒤뒤가 그때 그렇게 말했
었지. 사라진 두 페이지가 이렇게 뒤뒤식으로 되돌아온 거였
다. 글라이더의 입에서 나온 몇 줄 대사가 글자로는 전부였는

데 "위로Up! 위로! 위로!"였다. 그 '위로'라는 말의 반복이 단지 방향성만을 나타내는 게 아닌 것 같아서, 정말 마음을 다하는 '위로'인 것 같아서 나는 울다가, 웃었다.

편집이 아주 감쪽같지는 않았다. 새로 끼워 넣은 두 페이지의 재봉선이 또렷하게 보였다고나 해야 할까, 종이 재질과 이음새가 그랬다. 그래도 그 삽화의 디테일을 살피는 맛이 있었다. 여자애와 남자애의 차이는 머리 길이와 귀의 길이 정도였는데, 어떤 면에서 남자애의 축소판처럼 생긴, 그 여자애의 가방도 볼 만했다. 열린 가방 사이로 컵라면이 반쯤 삐져나와 있었다. 이런 깨알 같은 뒤뒤! 엉뚱했던 건 삽화 속의 날짜였다. 삽화 속에는 2078년이라고 적혀 있었다. 2078년이라니!

"너 내가 날짜 세지 말랬지!"

나는 괜히 그런 사족을 붙였다. 뒤뒤는 핫팩으로 데워둔 것 같은 손으로 내 볼을 만졌다. 왜 만지냐고 했더니, 뒤뒤는 단지 손에 뭐가 좀 묻어서 닦은 것뿐이라고 해명 아닌 해명을 했다.

"그래? 나도 손에 뭐가 좀 묻은 것 같은데."

그러고서, 나도 뒤뒤의 볼을 손으로 쓸어보았다. 내 손바닥이 좀 차가울 것 같아서 미안했는데, 뒤뒤는 "아, 시원해"라고 했다.

나는 책 속의 어느 페이지 안에 갇힌 사람이었다. 지난 계절, 몇 차례 상담을 받으러 다녔지만 의사를 믿진 않았다. 좋은 분이었지만 믿음은 다른 차원의 문제였다. 그런 면에서는 의사보다 뒤뒤가 나았다. 뒤뒤의 귀가 없었다면 나는 아무것도 하지 못했을 것이다. 루돌프의 코처럼 빨갛게 얼어 있는, 저 닮은꼴의 귀 말이다. 양손으로 뒤뒤의 귀를 나란히 잡고 녹여주려고 했을 뿐인데, 그러다 나도 모르게 점프를 했다. 정말 위로, 위로, 위로! 뒤뒤의 귀에 입을 맞췄다. 어떤 소리도 동반하지 않는, 고요하고 짧은 접촉이었다.

"심각하다, 나. 심각해."

뒤뒤가 말했다.

"왜?"

"너랑 계속 같이 다니고 싶어. 쭉!"

"2078년까지?"

뒤뒤의 생각은 벌써 몇 페이지를 앞서 나가고 있었다. 고등학교, 그리고 스무 살, 서른 살. 아직 오지 않은 미래에 대해 이것저것 속삭이다가, 뒤뒤는 아무래도 안 되겠다는 듯이 이렇게 말했다.

"너랑 군대도 같이 가야겠어."

"뭐래."

나는 뒤뒤를 가볍게 밀쳤고, 뒤뒤는 스프링이라도 장착된

몸처럼 다시 내 쪽으로 왔다. 걷다 보면 2078년이 나올까, 그렇든 아니든 확실히 어떤 말들은 그저 발화만으로도 효력을 가지는 게 분명하다.

27

겨울과 봄 사이, 우리는 이삿짐을 꾸려야 했다. 마침 어느 도서관에서 책을 받는 행사를 한다는 얘기를 들어서, 나는 그곳으로 책을 많이 보내기로 했다. 언젠가 누군가가 했던 조언대로, 책을 덜어내기로.

라면 박스로 스무 개가 넘는 분량을 포장해두었다. 그 안에 루의 『어린왕자』도 넣었다. 책을 그렇게 큰 박스에 담아두면 운반하기가 힘들다는 것까지는 미처 몰랐다. 책을 받는 쪽에서 소형 트럭을 보내주기로 했는데, 약속에 착오가 있어서 하필 우리 셋뿐일 때 트럭이 왔다. 엄마가 엘리베이터 없는 4층이라고 분명히 말했다는데, 책을 가지러 온 아저씨는 날 보자마자 이렇게 말했다.

"엘리베이터가 없다고 말을 했어야지!"

가만히 보니 아저씨보다는 할아버지뻘이었는데, 4층 계단을 올라온 것만으로도 벌써 힘을 다 소진한 것처럼 보였다. 그는 두 차례 박스를 들고 계단을 오르내리더니 이렇게는 안 되겠다며 새로운 제안을 했다.

"저기 말이지, 내가 밧줄에 바구니를 매달아서 내릴 테니까 학생이 저 밑에서 그 줄을 잡아끌어봐. 그럼 트럭 위로 자연스레 바구니가 내려가게 된다고, 알겠지?"

갑작스러운 청유형 문장에 내가 응하기도 전에 아저씨는 벌써 베란다 창을 열고 있었다. 그리고 밧줄을 저 밖으로 늘어뜨리더니 이쪽 끝에는 노란색 플라스틱 바구니를 매달았다. 바구니 안에 두툼한 책 박스 하나를 담아서 베란다 창틀 위로 올리는 과정에서 벌써 창틀이 휘청거리는 듯했다.

"저 아래에서 줄만 트럭 쪽으로 살짝 잡아끌면 되는 거야. 예전엔 다 이렇게 했어. 계단으로는 이거 다 못 옮긴다고, 학교에서 도르래 원리 배웠지? 진짜 도르래가 있다면 좋겠지만 없으니 이런 식으로."

엄마는 전화를 받지 않았다. 나는 전혀 이 일에 동원되고 싶지 않았지만, 어쩌겠는가. 결국 우리 셋은 그가 시키는 대로, 계단을 내려가 1층 바닥에 섰다. 아저씨가 바구니를 아래로 내리기 시작했다. 바구니가 퉁퉁, 하고 3층 창문을 건드렸다. 2층 창문을 건드렸다. 2층인지 3층인지 한 사람이 베란다 창문을 열더니 위아래로 두리번거렸다. 처음 보는 얼굴이었다. 그리고 그 사람으로서도 처음 보는 광경이었을 것이다. 책이 밧줄을 타고 내려오고 있었다. 덜컹거리면서 한 층씩 낙하하는 책 더미. 한 세계가 쿵쿵거리며 내려오고 있었다.

"지금, 지금!"

그의 고함 소리에 놀라 밧줄을 놓칠 뻔했다. 거대한 책 아래 압사되거나, 그 책들이 아랫집의 유리창을 박살 낼 것 같은 공포로 나는 완전히 질려 있었다. 우리가 밧줄을 당기자 바구니가 트럭 근처로 착지했다. 트럭 위는 아니었지만 4층 베란다 밖으로 고개를 내민 아저씨는 손으로 오케이 표시를 해 보였다.

"그렇지! 아주 좋았어!"

그 말과 같은 타이밍으로 내 입에서 "못하겠어요. 안 할래요!"라는 말이 터져 나왔다. 막내와 둘째는 은근히 이 상황에 몰입하고 있었지만, 이건 미친 짓이었다. 엄마와 겨우 통화가 되었다. 그 통화 후에야 아저씨는 다시 도르래를 그만두겠다고 했지만, 어처구니없게도 동생들이 뭔가를 쑥덕쑥덕하더니 아저씨에게 딱 한 번만 더 하자고 제안했다.

"이번에는 진짜 트럭 위로 올려둘 수 있을 것 같아요!"

둘째는 그렇게 말했고.

"그 바구니에 제가 올라타면 안 돼요?"

막내는 이렇게 말했다.

아저씨는 막내의 바구니 탑승은 가볍게 거절하면서도 그 시스템의 효용을 알아봐준 사람이 있어 기분이 좋은 듯했다. 콧노래까지 흥얼거리면서, 한 번 더, 특별 요청에 따른 바구니를 4층 베란다에서 내려 보냈다. 나는 마지못해 밧줄의 한끝을 잡고 있으면서도, 관리실에 신고해야 할까 생각했다. 항의하는 주민이 없는지도 살펴야 했다. 산만하게 눈을 돌리는 사이에 마침내, 쿵! 바구니는 트럭 근처에 가지도 못하고 더 먼 지점에 착지했다. 1미터쯤 허공에서 툭 떨어지는 바람에 책 박스의 일부가 터진 채로.

나는 눈을 의심했다. 책 더미 안에서 뭔가가 바스락바스락, 구겨지는 소리가 나더니 놀랍게도 활자들이 떼를 지어 밖으로 이동하고 있었다. 개미처럼, 지렁이처럼, 모든 살아 있는 것들처럼 화단으로. 그걸 정말 벌레로 본다면, 내가 목격한 것 중에 가장 크고 징그러운, 그러나 정교한 종류였다. 활자들이 도마뱀처럼 꼬리를 끊으며 탈출했고, 남은 책은 마치 텅 빈 마당 같았다. 처음의 그 마당만 두 페이지로 덜렁, 남아 있었다.

동생들이 다가와 그 책을 보았다. 표지야 어떻든, 수많은 면으로 이루어진 책의 속살은 대부분 밝은색이다. 책의 속살은 일종의 반사판 역할을 하는 것이다. 펼쳐진 책이 그걸 바라보는 얼굴들을 환하게 만드는 걸, 나는 꿈처럼 지켜보았다.

소설의 탄생은 별의 탄생과 크게 다르지 않다. 내 안에서 부유하던 먼지들이 서로 만나고 뭉치며 이야기를 시작하는 것이다. 그러므로 중요한 건 언제나, 먼지다.

유해 폐기물을 내 집 마당에 묻은 건 소설적 상상이 아니라 현실이 이미 선점한 장면이다. 후쿠시마 사고 이후를 다룬 뉴스에서 방사능 폐기물을 묻은 어느 집 마당을 본 적이 있었다. 그 위에서 살아가는 사람의 표정도. 그게 기억 속에 남아 있는 채로, 길을 걷다 우연히 '마당을 빌려주세요'라는 내용의 현수막을 보게 됐다. 그 현수막은 폐기물과는 전혀 관계없는 내용이었는데, 그 순간 내 안의 먼지들이 합쳐졌고 첫 문장과 둘째 문장과 셋째 문장과, 여러 가지가 떠올랐다.

이 소설을 이렇게 요약할 수도 있을 것이다. '수상한 폐기물을 발아래 두고 자라는 십대.' 그러나 그게 과연 유나네, 십대, 잔꽃마을만의 이야기일까? 생각해보면 내 집 아래에 뭐가 있는지, 내 산책로 아래에 뭐가 있는지 아는 사람은 많지 않을 것이다.

책이 되기까지 애써주신 문학과지성사에 깊이 감사드린다.

이 소설을 일주일에 두 번씩 연재할 때, 3+1+3으로 한 계절을 함께 통과했던 독자들께도 감사드린다. 참고로 3+1+3이란 사흘 쓰고 하루 쉬고 또 사흘 쓰는 방식을 말한다. 그 결과 일주일은 7일이라기보다는 3+1+3의 합이 되어버렸다. 3+1+3은 내가 아는, 가장 완벽한 조합이다.

이제 책으로 마주하게 될 독자들께도 반가운 마음을 전한다. 언젠가 카페에서 내 책을 읽는 사람을 보고는 너무 설렌 나머지 그 카페를 뛰쳐나간 기억이 있다. 폭발적인 즐거움으로 팽창했다고나 할까? 『해적판을 타고』와도 그런 식의 만남을 꿈꿔본다.

어떤 글은 쓰고 나면, 창작물이라기보다 되찾은 유실물 같은 느낌을 준다. 이 여섯번째 책도 그렇다. 그게 어느 부위에 필요한 것인지는 몰라도, 오래 찾았던.

2017년 한 번뿐인 어느 오후
윤고은